我迷，故我在

迷小說

將我溫柔裝訂成冊

相澤沙呼
Aizawa Sako

邱香凝／譯

omnibook 博識出版

目次

伸出手指撫摸書背

想讀點不一樣的故事，和平常一樣來到書架前。

這個小書架就放在圖書室一進來的櫃檯旁，架上排列著色彩繽紛的文庫本。好像是書籤老師特地挑選的「想讓國中生讀讀看的小說」。每一本都很好讀，書的主角也都是十幾歲的孩子，學生們讀了很有共鳴，因而大受好評。

除了書籤老師的選書，歷屆圖書股長選的書也摻雜其中。值得感謝的是，全部像這樣放在同一個書架上，找起書來一目了然。畢竟想找一本以國中生或高中生為主角的書可不是容易的事。如果是輕小說倒簡單，不是輕小說的話，只好從書名或封面推測，再一一拿起來確認大綱簡介了。我總覺得以成人為主角的故事看不太懂，不太想讀。

話雖如此，就算主角是國、高中生，主題是戀愛或社團之類的故事我也不想看。所以，要在這書架上找到讓我心動的書很難。站在書架前盯著書背，一一默唸上面的書名。用「色彩繽紛」形容書背聽起來或許好聽，其實只是放在這個書架上的書背五顏六色，沒有按照順序排列，一點統一感都沒有。我對這點不太滿意，可能跟大人們總是說我「一板一眼」的個性有關。

這書架上的書，全部按照書名第一個字母在五十音中的順序排列，所以不像書店裡的展示書架那樣，按出版社或書系整齊分類。紅色書背的隔壁是黃色，再過去是藍色的書背，又不是紅綠燈。如果只是這樣也就算了，普通小說裡混著輕小說，感覺非常突兀。輕小說的封面插畫，經常會有一部分延伸到書背來，這樣的書擺在古典小說的隔壁，難免給人格格不入的感覺。

去年夏天，爸媽買了書櫃給我。我那一板一眼的個性大概也顯現在這件事上了。把自己的書放進書櫃時，一下是按照作家分類，一下又按照出版社分類，為了讓排成一列的書背配色美觀順眼，我花了好幾小時跟那些書搏鬥，好不容易完成屬於自己的書櫃。

因為，這樣看起來比較好看，找書也容易。

「為什麼這個書架不按照作者或出版社分類排列呢？」

我怎麼也想不通，曾去問過書籤老師這個問題。只見書籤老師黑框眼鏡底下露出些許疑惑的目光，眨了眨眼睛笑著說：

「這是因為啊，與一本書的相遇，不需要知道作者是誰，也不需要知道那是哪間出版社出的書，不是嗎？」

「可是……那作者名呢？想讀同一位作者的書時怎麼辦？」

「那種時候，已經不是與書的偶然相遇了吧？只要去按照作者名字排列的書架上找書就好。小葵之後把書擺上妳自己的書櫃時，再把它們排在一起吧！」

我不懂。不過，這個書架，就是為了讓不知該讀哪本書才好的學生們，光靠書名就能與令自己心動的書相遇而存在的吧。

現在，我的眼前有一本因日曬而褪色，看似從很久以前就一再被閱讀的名著小說，侷促地夾在兩本有著大眼睛可愛女孩插畫封面的書中間。如果它是男生，就能說是享盡齊人之福了。可惜，這本書好像是個女生。因為拿起來一看，封面散發的就是會讓女生想讀這本書的氛圍。

新學期借的第一本書，就是這本了。

連大綱都沒看，憑直覺做出決定。

拿到櫃檯，坐在裡面，對著後方電腦螢幕的書籤老師轉過頭。

「喔、是小葵啊。決定好了？」

「我要借這本。」

遞出那本曬到褪色的書，老師默默接過去，不過她帶著一臉好像很高興的微笑，開始幫我辦理借書手續。只要有學生借那個書架上的書或她自己讀過的書，老師總會露出這種高興的笑容。上次我問她為什麼這麼高興，老師說：

「因為，一想到你們有可能也喜歡上我自己喜歡的書，就會很高興啊！」

即使如此，那到底有什麼好高興的呢？我有點無法體會老師說的感覺，但是書籤老師笑得一臉幸福的表情，我倒是滿喜歡的。

「那我要回家了。」

「好，辛苦囉！」

向老師鞠個躬，我走出圖書室。已經放學了，圖書股長的工作也已結束。說是工作，要做的事也只有坐在櫃檯看書，偶爾幫老師跑個腿罷了。因為待在這裡很舒服，就算不是輪到我當班，也忍不住會跑來。

一邊踏上走廊，一邊將剛借的文庫本放進肩上的書包。雖然這本書已經破破爛爛了，我還是小心翼翼地將它夾在兩本教科書中間，以免書皮摩擦得更皺。

走在幾乎無人的走廊，大概是因為從已經關燈的陰暗教室前經過的關係，忽然覺得有點緊張害怕。但並不是以為會有妖怪從教室裡跑出來之類的就是了。

突然聽見很大的聲音。

我嚇了一跳，縮縮肩膀。

當然，跟小說或故事裡不同，沒發生什麼事件。只是有幾個女生發出刺耳的大笑，從樓梯上走下來。那三個女生哈哈大笑，大聲喧譁，一下互敲對方的肩膀，一下用手肘輕撞彼此，打打鬧鬧走下去。就只是如此而已。可是，那不必要的大音量，不知為何讓我感到不舒服。

我是不知道有什麼事情這麼好笑，可是，那麼大聲吵鬧，豈不跟笨蛋一樣？瞪著她們的背影，我放慢走路速度，等那三個人離開。接著，發現裡面有個熟面孔。是一年級時跟我同班的三崎同學。

我怎麼樣都無法喜歡她。

*

升上二年級換班時，命運之神依然沒有眷顧我。一年級時運氣很差，這點今年似乎也不會改變了。跟上次一樣，還是沒有和小學時交情好的朋友分到同一班。

可是，其實也沒什麼關係啦。反正我不擅長跟大家一樣笑得肆無忌憚，自己一個人比較輕鬆。我只要有書可讀就夠了。寶貴的下課時間，用來聊那些愚蠢話題實在太浪費。應該是說，配合其他人的程度聊天讓我覺得很累。與其把時間拿來做這種事，還不如自己看書。因為，我怎麼想也不認為自己和他們是同一種生物。

「畢竟佐竹同學和我們的角色設定不同嘛——」

肆無忌憚地笑鬧，是做得到那種事的人的特權。去年春天三崎同學那樣說我，說得一點也沒錯。也忘了究竟為何跟她們在一起的，詳細情形已經記不清楚。好像是碰巧因為理科實驗分在同一組，不知不覺加入聊天的小圈圈吧。我很不會應付那種女生之間的氣氛。既不知道她們在想什麼，配合大家聊天對我而言又很難。因此，當人家開我玩笑時，我總是苦於應對，不知該做何反應。笑得很不自然，又老是低著頭，講不出好笑的話，聲音也很小。總之我跟她們不一樣，光是努力配合他人就夠我忙了。雖然我想妳們根本沒想過要去顧慮別人吧？所以，當其中一個同學說「夠了喔，害佐竹同學不知所措了啦——」我真的覺得正是如此。聽到這句話，小圈圈裡帶頭的三崎同學就說了：「也是啦，畢竟佐竹同學和我們的角色設定不同嘛！」「什麼角色設定啦！意思是說佐竹同學是陰沉角色嗎？小衿妳講話還真毒！」

大家咯咯笑起來，不知為何引發一陣爆笑，總覺得整間教室的人都跟著笑了。

總而言之，我還記得當時自己臉頰發燙。直到現在，一聽到教室裡大家嘲弄的笑聲，那種臉頰發燙、眼睛痛起來，無法順利睜著眼睛的感覺就會再次復甦。

是啊，沒錯啊！我就是陰沉角色。我知道，自己就是一副死氣沉沉的樣子嘛。既無法和大家好好聊天，又總是垂著頭，笑不出來，老是在看書。相較之下，三崎同學她們就不一樣了。她們開朗、吵鬧、充滿活力、擅長運動，不管怎樣看起來都在享受人生。這就是所謂開朗角色吧？完全不需要像我這樣躲進書本裡逃避現實，因為妳們的現實世界已經夠開心了。這是好事喔。

反正，從那時起我就不喜歡三崎同學她們了。為了盡可能不要跟她們對上視線，在教室裡低下頭的時間愈來愈長。傳進耳裡的她們的笑聲撩撥神經，漸漸地連下課時間在教室裡也待不住了。不過沒關係，我有圖書室。那裡有書籤老師，有其他班級和我一樣喜歡看書的圖書股長夥伴們，彼此之間維持淺淺淡淡的關係。在那裡度過的時間非常寶貴，我才沒有必要非待在嘈雜教室裡不可。

上二年級後，和三崎同學分到不同班級。現在班上一樣由講話大聲的同學支配，但和三崎同學她們比起來還算穩重。再說，圖書室就是我的全世界，而那種笨蛋學生和圖書室扯不上關係，所以也跟我一點關係都沒有。因此，我的日常生活還是平靜無波。

＊

事情發生在黃金週假期過後。

說來或許理所當然，教室裡一早開始就充滿與連假相關的話題。去哪裡玩了啦、和朋友去看了什麼電影啦，躁動的氣氛搞得我很不舒服。現在是怎樣？這麼大聲講自己連假去了哪玩要幹嘛？聊這種話題最後要怎麼總結？我也跟家人去溫泉勝地旅行了啊，可是無聊死了，路上還嚴重塞車，走投無路差點尿出來，不過最後沒尿出來就是了。只是，這種話有必要特地跟別人講嗎？大家還真厲害，特地跟朋友提起這種莫名其妙的無聊話題，神經真大條，這種品味教我有點難以置信。

終於到了午休時間，我趕緊逃進圖書室，沒想到那裡也正聊黃金週聊得起勁，真是煩死人了。不只如此，吃完便當才跑來的別班圖書股長還偷偷發旅行土產給大家，我拿著那一小包餅乾不知所措。

圖書室內禁止飲食，中午我都在屬於書籤老師地盤的職員室裡吃便當。這算是圖書股長的一點小特權，只是，一旦老師宣布她要開始工作，我們就會從那裡被趕出來。或許是因為讓學生在裡面待太久也會構成問題吧。

吃完便當、已經被老師從職員室趕出來的現在，又不可能再跑回去裡面吃餅乾。再說，平常溫柔穩重的書籤老師生起氣來可怕得判若兩人，超恐怖的。沒辦法，我只好把那包餅乾塞進裙子口袋，裝作若無其事的樣子坐在櫃檯椅子上。老師盯著電腦，開始認真工作了。大谷同學等其他班的圖書股長，原本在大桌子那邊嬉鬧，不知何時也不見了。現在是教室裡的大家吃完便當的時間，大概因為這樣，跑來圖書室的人愈來愈多，只不過，前來櫃檯借書或詢問的人是一個也沒有。

然而，察覺圖書室入口有個熟面孔，我不由得大吃一驚。

是三崎同學。

那個活潑開朗、嗓門又大，和我活在完全不同世界的女生。

她從圖書室門口探進頭來，左右張望。是來找什麼書的嗎？不不不，不可能。因為，我怎麼看她都不具備把讀書當興趣的知性。無法想像那女生讀書的樣子，要知道，她可是會在晨讀時間拿出雜誌來看、結果被老師罵一頓的那種人。

那樣的女生，為什麼會來圖書室？

仔細想想，好像還是第一次看到她像這樣落單。不知怎的，她看上去沒有往常活潑，反而給人文靜的感覺。垂著肩膀、一臉不安地打量圖書室內，沒朝書架走，而是走到大桌子邊坐下來。我還在訝異，她接下來的行動更令我愕然。竟然打開肩上揹的包包，從裡面拿出用橘色布巾包住的盒狀物體。那怎麼看都是便當盒啊！解開布巾，該說果然不出所料嗎，裡面出現的正是便當盒。只見她打開盒蓋，拿出筷子。雙手合十，嘴脣動了一下。

應該是在默唸「我要開動了」吧。

「哎呀呀。」

背後傳來夾雜苦笑的聲音。回頭一看，書籤老師就站在我後面，對著三崎同學的方向露出傷腦筋的表情。老師輕聲嘟囔：

「這裡禁止飲食耶……」

「就是說啊，她是笨蛋嗎？」

「小葵，妳去提醒她一下。」

「呃！」

我說不出話來，抬頭看老師。

「為什麼要我去……」

「小葵，妳不是圖書股長嗎？」

書籤老師雙手插腰，一副理所當然的樣子這麼說。

我的確是圖書股長沒錯，可是要這麼說的話，書籤老師才是學校裡的圖書館職員，有領薪水的人是妳吧？這應該是妳的工作才對啊！

「不、可是，我有點……先不要。」

「為什麼？」

「什麼為什麼……我不太喜歡那種女生啦。」

「她是妳朋友嗎？」

「要是朋友，我就不會說不喜歡了。」

「那是為什麼？」

「總之，做不到就是做不到。我跟她不對盤啦，世界上多的是不對盤的東西吧？比方說水和油啊、糖醋排骨和鳳梨啊。」

也不知道是不是接受了我的說詞，書籤老師喃喃地說「我倒是覺得糖醋排骨和鳳梨很搭」，歪著頭走出櫃檯，親自去跟三崎同學說了些話。大概是直接告訴她「這裡禁止飲食」吧。三崎同學好像嚇了一跳，立刻低頭道歉，慌張地蓋上便當盒蓋，當場開始整理東西。雖然書籤老師舉起手安撫她，像是在說「沒關係沒關係，妳冷靜點」，三崎同學卻馬上把便當盒塞進包包，一溜煙地衝出圖書室。目送她背影離去後，書籤老師回到櫃檯裡，依然歪著頭，一臉想不通什麼的表情。

「怎麼會跑來這裡吃午餐呢……」

因為她是笨蛋吧？

我很想這麼回答，但也知道這麼說太過分會被罵，只好沉默不語。

*

接下來的日子，三崎同學幾乎每天都來圖書室。

說也奇怪，一年級時從來沒看過三崎同學來到圖書室。現在是什麼改變了她的心意呢？不只午休，放學後也能在圖書室看到她的身影。

午休時間，我們這群圖書股長在職員室吃完便當不久，三崎同學就來了。只見她在書架之間晃來晃去，偶爾拿起雜誌之類的刊物，坐回大桌旁一臉無趣的樣子翻閱。大致上來說，都是那種頭腦簡單、天真爛漫型的女生會喜歡的時尚雜誌。她總是翻看那些雜誌，直到上課鈴響前才回去。放學後，她也立刻跑來圖書室，翻閱一樣的雜誌，偶爾看些圖鑑類的書，大概待個三十分鐘才回家。既不是來溫習功課，也不是來讀小說，到底來做什麼的啊？我實在搞不懂。

現在的三崎同學不再發出刺耳笑聲，總是一個人靜靜待著。這樣的畫面讓我感到新鮮，又有點不可思議。所以，重新觀察她之後，也不是沒有新發現。比方說，只要不開口講話，微低著頭看雜誌的她顯得有些憂鬱，加上那一頭黑亮的長髮，若是再戴上一副黑框眼鏡，或許真有幾分文學少女的氣質，甚至和書籤老師有那麼一點點像。不過，她看的是時尚雜誌，光這點就沒資格被稱為文學少女了。

「小葵。」

三崎同學回家後，我托著下巴坐在圖書室櫃檯發呆，書籤老師忽然叫了我。

「怎麼了？也沒在看書，真難得。」

「我只是在想點事情。」

「是喔？」老師眨眨眼鏡下的雙眼，疑惑地歪了歪頭。接著，對我遞出手中的筆記本。「小葵，妳要是有空的話，幫忙回答這個問題好嗎？」

老師遞過來的是〈推薦分享筆記本〉。平凡無奇的筆記本上，有上一屆圖書股長學姊熟悉的字跡和用彩色筆畫上去的裝飾。這本筆記本平常放在櫃檯，同學們只要在上面寫下自己想找或想讀哪類書，書籤老師或圖書股長們就會幫忙解答。當然，來圖書室看書的同學也可以在上面寫下自己推薦的書。透過文字，愛書人在筆記本上靜靜地展開交流。這時，老師打開最新一頁，我接過來看上面寫的內容。帶點剛硬感的字跡，以禮貌的遣詞用字這麼寫著：

想讀讀看以女孩子為主角的故事。可是，不喜歡與戀愛、社團或友情相關的主題。

「小葵，這和妳的興趣好像很合嘛？」

聽老師這麼說，我悶哼了一聲。對啦，或許老師說的沒錯。面對這種幾乎全面否定故事要素的讀書需求，一般人可能回答不出來。大部分圖書股長喜歡讀什麼類型的書，書籤老師大概都知道，她當然也知道我特別喜歡讀這樣的書。由我來回答這題，可以說是最適當的了。

這個同學品味很不錯嘛！

「妳有想到可以推薦的書嗎？」

「嗯——」

一般學生大概回答不出來，因為，主角是女孩子的小說大多跟戀愛相關，不然也會以社團活動或友情為主題。就算真有不是這樣的作品，普通女生也不會想看。可是，我卻想得出好幾本。從筆筒裡拿出自動鉛筆，重新面對攤開的筆記本。我在思考，要從候補的幾本裡介紹哪一本、又該如何介紹才能引起對方的興趣呢？正當我陷入思考時，書籤老師似乎誤以為我連一本都想不出來。

「小葵妳上禮拜借的那本如何？很接近了吧？」

「喔，那本啊……不，我不太喜歡。」

「啊、是喔。可惜。」

書籤老師以手托腮，歪了歪頭。兩條眉毛明顯垂成了八字。

「可是為什麼呢？我還以為那應該是小葵會喜歡的書。」

「為什麼喔……」

被老師這麼一問，我也歪著頭想了想，該怎麼回答才好。書籤老師的表情實在太遺憾了，總覺得不好好說明原因，對她過意不去。

「該怎麼說才好呢……我不喜歡那種不把結局寫清楚的故事。」

老師輕輕點頭，來到我身邊坐下。眼鏡底下的溫柔視線，像在等我繼續往下說。

「那本書的短篇小說，每一篇最後都含糊帶過不是嗎？我覺得這樣太卑鄙了。主角究竟會採取什麼行動，最後會導致什麼結果，書裡全都沒寫。可能演變成幸福快樂的結局，也可能以悲劇收場，這種全部丟給讀者決定的做法，我不喜歡。」

轉著手裡的自動鉛筆，我抱怨起讀那本書時內心的不滿。

沒想到，老師竟然噗哧一笑。

「怎樣啦？」

「沒有啊，只是之前也有人跟妳說了一樣的話。」說著，老師點點頭。「小葵說的沒錯，或許真的是這樣。」

「老師，妳為什麼喜歡那種書？」

「嗯……我想想看喔。或許是因為，這也是閱讀的魅力之一吧？」

我聽得一頭霧水，忍不住皺眉，盯著老師看。

「因為這麼一來，想描繪何種結局都是讀者的自由啊！想讓故事如何結束，或者結束後有什麼發展，一切都交給讀者自己的價值觀來決定，感覺就像在測試我們的心，不是嗎？」

就算這麼問我，我也完全不懂老師的意思。

「故事的主角能不能獲得幸福，端看我們自己的心。換句話說，我們自己能不能獲得幸福，也端看自己如何決定。」

有時，老師會說出這種莫名其妙的話。我內心的狐疑大概全寫在臉上了吧？老師難為情地苦笑：

「抱歉抱歉，別介意，這充其量只代表老師個人的想法。」

我要離開一下，這裡拜託妳囉。說著，老師走出圖書室。

時間已經不早了，圖書室內幾乎沒其他人。雖然我被一個人丟下來，不過反正要寫〈推薦分享筆記本〉，自己一個人反而更能專心。我決定從我想到的幾本書裡選兩本來介紹，以簡潔的字句寫下那本書吸引人的地方。

擁有這麼扭曲的嗜好、問出這麼刁鑽問題的人，會是怎樣的人呢？在筆記本裡提出問題和回答問題的人要不要具名都可以，寫下這個問題的人，當然沒有具名。

*

睡魔的威力實在太強大，我不得不強忍呵欠。

昨晚看的書太有趣，忍不住熬夜了。明明今天不是輪到我當圖書股長的班，放學後沒必要來這裡坐櫃檯，為了找看看有沒有其他有趣的書，我還是跑來了。結果老師就說，那妳順便顧一下櫃檯吧。剛剛還在這邊幫忙包書套的另一個圖書股長，現在已經坐在離櫃檯有段距離的地方看起書來。她手上的書包著書店的書衣，應該是她自己買的書。從紙張的質感看來，肯定是輕小說。不曉得她看的是哪種書呢？有點好奇。這位間宮同學和我一樣二年級，有時也會在職員室跟我和書籤老師一起吃便當，不過沒講過幾句話。要是興趣相近，說不定可以變成好朋友。可是，如果不是的話就麻煩了，所以我一直沒有搭訕她。

或許因為不時偷窺間宮同學的關係，我太慢才發現——

「請問……」

抬起頭一看，站在眼前的是這陣子我偷偷觀察的那個人。

三崎同學。

嚇了一跳，心跳加速。現在是怎樣？找我什麼事嗎？終於要來宣戰？還是妳們開朗角色決定要來占領我們陰沉角色的地盤了？

「我想借書，該怎麼做才好？」

「咦、啊、呃……」

我有點錯亂，回頭往櫃檯裡一看，這種時候偏偏不見書籤老師的人影。間宮同學沉浸在書裡，一點也沒留意到這邊的狀況。其他一年級的正在後面忙著貼布告，背對著我們。

「這樣的話，請把要借的書跟學生證給我——」

我朝她手中的書投以一瞥，話說到一半就停下來，忍不住喃喃：

「那本……」

聽到我這麼說，三崎同學露出疑惑的表情。

「不能借嗎？」

「呃……我不是那個意思。」

她手上的書，是我在〈推薦分享筆記本〉上回答問題並推薦的作品之一。不起眼的書名、不起眼的封面設計和不起眼的簡介，集三種不起眼於一身的這本書，我實在不認為有誰會主動去拿來看。更別說作者的名字，一般人會以為分類在五十音的「ＳＡ」行，其實得從「ＴＡ」行下手才找得到。既然如此，三崎同學拿起這本書的原因只有一個了。

「那個，原來是三崎同學啊。」

「那個？」

她不解地蹙起眉頭，表情疑惑。

「呃，就是……那個。」

我指著放在櫃檯上的筆記本。於是，她也察覺了我的意思，先是驚訝地張大眼睛，然後低下頭。

「喔、嗯。」

說不定她覺得很丟臉。明明都已經不具名發問了，還像這樣被人揭穿，一定很尷尬吧。

「啊、抱歉，那個……推薦這本書的，是我。」

「原來是這樣啊。」

她依然低著頭，沒有抬起臉來。對話就此結束，尷尬的沉默繼續，我死命想找出可以聊的話題。結果，直到借書手續辦完，兩人還是陷在沉默之中。我把她的學生證放在書上遞給她。

「給妳。借書的期限是兩星期喔。」

三崎同學默不吭聲點頭。當她接過書，書本的重量從我手上消失的瞬間，我匆忙補上一句：

「如果可以，想聽聽妳的心得。」

從喉嚨裡硬擠出這句話的聲音很小，如果在教室裡，可能轉眼就被周遭的吵鬧聲蓋過去了。

不過，這句話似乎奇蹟般的傳進她的耳朵。

「嗯。」

三崎同學把書放在胸口，點點頭。

不知是否是錯覺，她的嘴角似乎浮現一抹笑意。

我就這麼保持起身把書遞給她的姿勢，默默目送她的背影離開圖書室。或許因為緊張的關係，還是可能有其他原因，我聽見自己心臟跳得好大聲，在耳底形成迴響。緊張到心跳加速，好久沒這種感覺了。掌心滲出汗水，胸口緊緊的很難受，臉頰發燙。這和沉浸在某本書中埋頭翻頁，與書中主角一起踏上冒險旅程時那不可思議的感覺很像。

要是她能喜歡這本書，那就太開心了。

「因為，一想到你們有可能也喜歡上我自己喜歡的書，就會很高興啊！」

我好像有點懂書籤老師這句話的意思了。

＊

隔天，再隔天，圖書室內都能看見三崎同學的身影。

拿在手上的，已經不是以前在同一張桌上攤開的時尚雜誌，而是那本書。打開那本書，視線靜靜落在書頁上。低俯的側臉，低垂的視線，都被披在臉頰上的黑髮微微遮住。拜手上那本封面不起眼的書所賜，這次她看起來還真像個文學少女。

可惜的是，翻頁的速度太慢了。那本小說，我一天就一口氣看完了，再怎麼客套地說，她讀書的速度都無法稱得上快。這樣下去，到底要花多少時間才讀得完？我要等幾天才聽得到她的讀後心得？

「她今天也來了耶。」

某天，午休時間我托著下巴坐在圖書室櫃檯裡。

偷看依然用那緩慢速度讀書的三崎同學時，後方櫃檯內側傳來這樣的聲音。聲音雖然小，對於那種我最討厭的語氣，耳朵還是馬上起了反應。

「看來傳聞是真的。」

「妳知道嗎？聽說她都在廁所吃便當，我朋友看到的。」

「嗚哇，好髒！人生完全沒救了嘛，那樣的話。」

在櫃檯內側的，是正在為圖書股長推薦書單製作手寫海報的間宮同學她們。我偷偷轉頭跟著正在聊八卦的她們視線望去，映入眼簾的是坐在大桌旁默默讀書的女生。那是三崎同學的身影。最近的午休，在差不多大家吃完便當的時間她就會來這裡，來去都彷彿屏息般的刻意低調。

趁著書籤老師不在，間宮同學她們繼續說長道短。這陣子，書籤老師好像很忙，很少看到她。以往都會和我們一起在職員室吃午餐，最近雖然會開門讓我們進去，她自己卻又不知道跑到哪裡去了。所以，現在間宮同學她們才可以不用在意周圍視線，聊別人的八卦聊得這麼起勁。

我一邊聽間宮同學她們講話，一邊以自己的方式解釋發生了什麼事。其實我也早就猜想大概是這麼一回事了。

我想，三崎同學一定是在戰爭中慘敗了吧？雖然我不知道掀起戰爭的導火線是什麼，但雙方的戰力絕對有著壓倒性的差距。在教室裡失去容身之處的她，只能四處徘徊想找地方喘一口氣。每天沐浴在充滿惡意的槍林彈雨下，必須有這麼一個避難所才行。

最感困擾的，大概是午餐時間。她的神經應該還沒粗到可以在教室這個地雷區吃飯。我想起第一次看到她來圖書室時，在桌上打開便當盒的樣子。不知道現在她都去哪裡吃便當呢？真的跟間宮同學她們聽到的傳聞一樣，在廁所裡面吃嗎？

「佐竹同學，妳最好也別跟她扯上關係喔！」

間宮同學她們忽然這麼說。

我嚇得心跳加速，視線從正在看書的三崎同學身上轉移，對著朝我這邊望過來的間宮同學她們眨眼表示疑惑。

「妳上次不是跟那個女生在講話？」

她說的應該是三崎同學來借書那次吧？我想起那次間宮同學就坐在旁邊看書。

「沒有啊，她只是來借書而已。」

我搪塞地說。

「話是這樣沒錯，妳要是跟那個女生講話，也會跟她遭到相同下場喔！」

「怎麼會，太誇張了。」

「我們可不想被她拖下水。」

間宮同學這麼宣稱。看著她的眼睛，我能理解那句話的意思。

如果跟三崎同學扯上一絲關係，就有可能受戰火波及。教室裡的槍林彈雨說不定會飛到圖書室來。間宮同學她們是想避免這件事發生。要是我跟三崎同學聊天，可能會被她們當成叛徒。到時候，被趕出圖書室的人就是我了。

「沒問題的啦，我跟她又不是朋友。」

「這樣就好。」

「是說，我也不喜歡那種型的人。」

像為了掩飾什麼，我笑著這麼說。

沒想到，間宮同學她們突然一臉驚訝，差點要尖叫出聲的樣子看向我身後。我狐疑轉頭，站在眼前的竟是三崎同學。

看到我們的表情，她似乎有點不明就裡，大概沒聽見我們說的話吧？三崎同學手裡拿著那本書，一和我四目相對，就用略為激動的語氣接著說話。

只見她臉頰微微脹紅，眼神灼灼、閃閃發光——

「佐竹同學，那本書我讀完了。這個，妳推薦的——」

什麼時候不說，偏偏挑這時候來說？

我什麼都不想聽。

什麼都不想知道，也不想看到。

我低下頭，指著櫃檯右側。

「要還書的話，放在那個檯面上就好了。」

快速這麼開口，打斷三崎同學的話頭。

我刻意不看她，眼神朝間宮同學她們望去，看到她們正屏氣凝神看著這邊。我想笑笑說「沒問題」，卻無法順利擠出笑臉。即使如此，我也不想當叛徒。我不會成為叛徒，所以，請不要奪走我在這裡的容身之處。

三崎同學好像說了什麼。

我下意識地將那句話趕出耳朵。因為太小聲了，我聽不到。

「我很忙。」

聽我這麼一說，三崎同學彷彿逃離一般衝出圖書室。

我裝作沒看見。

這樣就行了。這樣就行了。因為原本我們的生存之道就不一樣。就像糖醋排骨和鳳梨，搭在一起會很難吃。

我一次又一次這樣說服自己。

「小葵，妳怎麼了？」

書籤老師回來了，這麼問我。我不知道自己臉上掛著什麼表情。老師疑惑地，又或者說是帶點擔心地歪頭看我。我笑笑回應：

「沒什麼事啦。」

*

我像個影子，大氣不敢喘一聲地過著無趣的每一天。

像我這種人，誰也不會注意。在身邊那些盡情歌頌青春的情景環繞下，我的視線向下落在手中的文庫本上。這就是我一成不變的日常。沒有會來找我聊天的朋友，不過只要有故事，我就不需要什麼朋友。即使如此，這裡還是枯燥乏味地令人難以呼吸。我彷彿潛在深海底泅泳，過著看不到未來的日子。這點從來不曾改變。所以，午休和放學後的時間對我而言就成了樂園，那是終於可以從深海底探出頭、呼吸新鮮空氣的時刻。我慶幸自己當了圖書股長，因為要是沒有圖書室、沒有書籤老師的職員室，我將連吃便當的地方都沒有。把自己關在廁所裡吃飯這種事，實在太慘了。真的，太慘了。

因此，我非得保護這個地方不可。不能跟間宮同學她們作對，否則我將會失去這裡。這個抉擇應該是正確的。可是，為什麼會這樣呢？

我憂鬱到了極點。

這天，細雨綿綿。梅雨季節即將到來，圖書室逐漸被一股溼氣汙染。或許因為這個緣故，今天的圖書室沒什麼人，非常安靜。只看得到幾個坐在桌子那頭唸書的背影。來值班的圖書股長，也只有坐在櫃檯裡撐著下巴發呆的我。

「妳怎麼啦？小葵。」

聽見書籤老師的聲音，我恍惚地抬起頭。

老師似乎剛開完會回來，正把門打開，站在那裡看著我。

「沒怎麼啊。」

「是嗎？」老師歪了歪頭，然後又笑著說：「像今天這種下雨天，最適合看書了喔！不看書怎麼行。」

「那妳推薦我幾本有趣的書嘛。」

我趴在櫃檯上，用有點撒嬌的聲音這麼要求。老師伸出食指抵在下巴上沉吟著「我想想喔……」。過一會兒，老師走向那個裝滿她愛書的書架，盯視著架上的書。

「這本如何？」

老師拿給我看的這本書，我也曾出於好奇心而看過一次故事簡介。

「那是講社團活動的書，跳過。」

「小葵真挑剔。」

老師噘起嘴，皺著眉頭回到書架前，嘴裡發出「嗯……」的聲音。

「不然，這本呢？雖然是我高中時讀的書了，書名很棒喔——」

老師伸手指向書架上某本書。或許確實如她所說，這本書有個很棒的書名，但也一看就知道是愛情故事。

「我不看愛情故事，跳過。」

「吼。」

老師鼓起臉頰。

那模樣實在可愛，我忍不住趴在櫃檯上笑了。

「傷腦筋啊，符合小葵要求的書，我差不多都推薦過了呀！」

我坐直身體，凝視著老師的側臉。老師正盯著書架看。她一手推了推眼鏡，視線朝另一個書架望去。

「不然，看個推理小說怎麼樣？有我最喜歡的作家——」

「我討厭殺人事件，好血腥喔。」

「哎呀，真是的，小葵實在太挑剔了。」

老師露出忿忿不平的表情，瞪了我一眼。

接著，她又展顏一笑問我：

「小葵啊，妳為什麼討厭看關於戀愛或描寫社團活動的小說呢？老師覺得非常可惜耶！只因為不喜歡，就不去把書打開來看看。」

「不喜歡的東西就是不喜歡，沒辦法啊。」

「書這種東西呢，不去讀讀看就不會知道裡面寫什麼啦！」

「嗯，那不是理所當然嗎？」

「說的也是。」老師笑了。接著，用溫柔的眼神一一確認書架上的書說：「不過，排在這裡的書，都是我希望有誰能拿下來讀的書，所以一直像這樣放在這裡，等待伸手拿下它們的人出現喔！」

我不由自主跟著老師的視線望過去。

圖書室裡整齊排列的厚實書架。

擺放在書架上色彩繽紛的書背。

或許因為窗外下著雨，眼前的景色看上去有些寂寥。

「把它們關在擁擠的書架上，心裡有點過意不去。光靠書背組成的景色或許無法好好傳達內容，但是每本書都有自己的特色。精心設計的漂亮封面、費心取了很棒的書名，沒有一本書是相同的。」

老師走向其中一個書架，手指輕輕撫摸書背。

姿勢就像在彈鋼琴，散發一種不可思議的魅力。

簡直就像在確認「書」這項樂器的音色。

「世上沒有任何一本書，是完全按照自己想法寫成的。在讀之前就擅自認定不適合自己，連翻都不翻開來看，這樣未免太可惜了吧？盡是同樣顏色書背組成的書架會有多無趣？由各種顏色的書背組成、只屬於自己的書架，一定能豐富小葵的心。」

是這樣嗎？聽著書籤老師的話，我出神地思考。那些收在老舊書架上，數不清的書本，就像是不打開看就不知道裡面裝了什麼的珠寶盒，卻被塞進這麼侷促的空間。明明每一個書背都不一樣、每一本書都擁有很棒的書名，如果我繼續這樣堅持下去，永遠都不會知道它們有多好。

忽然覺得，這些書好像我們。

這個念頭有如電流一般刺激腦髓，觸電的感覺傳遍全身。我們就像一個個被塞在侷促教室裡的故事，不知道會被取什麼樣的名字、換上什麼樣的封面，無從獲得理解。這樣下去根本不會有人知道這是怎麼樣的一本書，所以書籤老師才會不時抽出其中幾本，以封面朝外的方式展示在書架上。現在老師指尖摸過的書，她也經常抽出來看看封面、翻開來讀讀內容，視線愛憐地落在書頁上。

如果說，收在書架上的這些書，都是等待著誰來閱讀的話——

或許我也一直希望有人來讀「我」這本書。

三崎同學是否也曾希望誰來閱讀自己呢？

書籤老師說她要離開一下，拜託我先幫忙看顧圖書室。一如往常，我一個人留在櫃檯內。在只聽得見雨聲的安靜圖書室中，我緩緩起身。不知為何，現在強烈想閱讀某個故事。想把一本書抱在胸口，感受書的質感與氣味。我走到一個特別高的書架前，不期然地抬頭仰望架上的書。

我一定也希望有誰來讀懂我。只要一下下就好，多希望有人伸出手指觸摸我的背，從擁擠的書架裡把我抽出來。多希望有人看看我的封面，喜歡上我的故事。

緊握著拳頭，轉身背對書架，我緩慢地在圖書室內走來走去。位在不遠處的那張桌子，莫名感覺好遙遠。我凝視坐在那裡看書、看似有點寂寞的女生的背影。忽然我感覺到什麼，停下腳步。可是，我們太不相同了。就像我以為自己討厭妳一樣，妳或許也不喜歡我。即使如此，有些事我還是很清楚，只是裝作不知道而已。妳看到那些女生笑我是陰沉角色時，曾經露出為難的表情，困惑的眼神說明了妳不是故意說那種話。只是我無論如何都無法原諒妳們，硬是把妳們塞進同一個書架。

停下腳步，我感覺呼吸困難。全身噴出汗水，一心只想回頭。但是，現在這一刻，我終於明白老師告訴我那些話的意義。自己能不能獲得幸福，必須由自己決定才行。一切都是自由的。既然如此，我想在自己內心的書架上擺滿很多很棒的書。我想跟自己喜歡的人，暢談自己喜歡的書。

我朝那個背影伸手。

然後，慢慢地，從書架上抽出一本書。

翻開書頁，沾溼了書籤

請寫下你對未來的夢想。

面對這句枯燥無味的話，我左思右想。

將來、未來、夢想、想做的工作……，一旦試圖找出與這些詞彙相關的話語，我頓時覺得自己被丟進一個遽然出現的空白空間。

鄰近的位子上，男生們正在起鬨，好像是村井同學寫了「將來想成為遊戲製作人」。想起這個月初看到的新聞，連我都聽過名字的兩家非常知名的遊戲公司確定合併。最強的兩家遊戲公司聯手，肯定會推出最強的遊戲，男生們一提到這兩家遊戲公司眼神就會發光。村井同學將來的夢想，似乎是在那裡工作。

坐在我前面的前面的有川同學，則是被一群女生包圍著。每個人座位上都被發了一張調查畢業後升學或就業意願的調查表，現在眾人談天的話題也圍繞著這件事。有川同學好像寫了她以後想當模特兒，那些從一年級時就簇擁著她的女生紛紛吹捧「里沙絕對辦得到」。不過有川同學本人倒是很務實，她說事情應該不會那麼順利，還是好好用功上大學，如果能進時尚相關企業工作就好了。

至於我，即使像這樣進入午休時間，還是只能用手托著下巴，對著桌上那張表格發呆。

因為，我真的什麼都想像不出來。

為什麼大家能如此堅信自己描繪的未來呢？

那麼無條件地相信自己能成為大人，真令人羨慕。

可是，或許就因為這樣，我才會是個瑕疵品吧？不然，大家開心的聲音怎麼會讓我心頭這麼難受？感覺他們好刺眼，我們呼吸的大概是不一樣的空氣。或許只有我一個人是曬到陽光就會灼傷的吸血鬼，不小心誕生到這世界了。

鈴木老師要我們跟家人商量，月底前把調查表交回。好像也可以參考之後要舉行的職場觀摩學習會。我很怕鈴木老師，尤其是那敏銳的眼神和宏亮的聲音，兩者都強而有力，給人很大的壓力。朝會的時候，她聲音大到幾乎可以不用拿麥克風。有些學生稱鈴木老師為「火腿子老師」，我不清楚由來，雖然她有點胖，但也沒胖到像火腿的地步。

可能維持托腮的姿勢太久，指甲嵌進皮膚有點刺痛。我把表格摺起來，收進口袋。班上沒有人會來問我在表格上寫什麼，沒有人對我的未來感興趣。我也一樣。別人的未來對我來說怎樣都無所謂，同樣的，我對自己的未來也無所謂。

拿起書包，離開充滿希望的教室。

默默穿過男生們打打鬧鬧的走廊。

走下樓梯，沿著走廊一路走到底，不知何時已將眾人的喧鬧拋到腦後，走到一個接收不到光線與聲音的地方。位於校舍後側，連電燈都沒點亮的昏暗走廊盡頭，有個默默佇立的祕密場所。

傾斜的門牌上，只有一行掉漆的文字。

「圖書室」。

電燈故障，室內同樣昏暗。打開門，撲面而來的是灰塵與霉味。裡面排放著好幾個書架，影子落在一旁的地上，彷彿有不明來歷的神祕怪物隱匿其中。書架已經放滿了，多出來的書就堆在桌面和地上，形成一座又一座在奇幻漫畫中常見、隨時都可能崩塌的高塔。可能沒人會想來打掃這裡吧，這裡就像個墳場，就算有曬到陽光會灼傷的吸血鬼住在這也不奇怪。

沒錯。

我覺得這地方已經死了。

當然，會來這裡的學生也只有我。負責鎖門和開門的是增田老師，有時連他都會忘了來開門。幾乎沒有學生會來這間電燈故障、看似鬧鬼的圖書室借閱那些老舊無聊的書。圖書股長徒有其名，實際上沒事可做。管理圖書室的增田老師也一點幹勁都沒有。反正學校旁邊就有又大又漂亮的市立圖書館，誰都不會感到不方便。

拉開緊閉的窗簾，讓一點光線進入室內。接著，我在中央的大桌旁坐下，從包包裡拿出午餐。說是午餐，也和大家吃的不一樣，不是媽媽做的便當，是上學途中繞去便利商店買的三明治。其實或許不能在這裡吃東西，不過也沒人會罵我。鈴木老師嚴厲的聲音與視線都到不了這裡。不管是下課時間、午休時間還是放學後，為了逃離教室裡幾乎將人灼傷的明亮光線，我會躲到這裡來喘息。或許有人覺得這地方如死亡一般的寂靜很詭異，對我而言，這裡卻是得享安寧的所在。

只要待在這裡，就不用擔心會被人用奇怪的眼光看待。不用害怕被排擠在小圈圈外，也不用聽別人可憐我沒便當吃，或者被人取笑我老是裝病蹺課。

不知何時，手上的鮪魚三明治已經消失到肚子裡了。或許因為每天都吃一樣的東西，最近我開始分辨不出它好不好吃，還來不及品嚐食物的味道，回過神來已經吃完了。可是，我討厭雞蛋三明治，火腿三明治又索然無味。再說，火腿三明治總讓我聯想到火腿子老師，這麼一想，連食慾都沒了。話雖如此，飯糰有時又太乾吞不下去，結果每次還是選了鮪魚三明治。

把垃圾裝進便利商店塑膠袋，打個結。接著，從包包裡拿出漫畫。這本已經反覆看過好幾次了，只是沒有太多零用錢再買其他漫畫，要在這裡待到午休結束又很無聊。沒辦法，一直都是這樣。一如往常地躲來這裡避難，一如往常地吃午餐，一如往常看漫畫打發時間，盡情享受我的安靜時光。沒辦法。結果升上二年級之後，我依然是個瑕疵品。事到如今，要我表現得跟其他人一樣已經不可能了。

翻著漫畫，過了一會兒。

聽見某種聲響。

那像是什麼重物掉落的聲音。一開始，我以為是堆在櫃檯上的書塔倒了。驚嚇之餘，一邊安撫忐忑不安的心，一邊朝堆書的方向望去，看起來什麼都沒倒塌。眼前的景象仍和剛才進房間時一樣。大概是聽錯了吧？我重新打開漫畫，就在這時，發生了讓我背脊發涼的事。

我聽見有人哀號的聲音。

的確，這地方就算出現鬼魂也不奇怪。可是，這幾個月來一直平安無事，只是有點陰暗、有點霉臭味而已。為什麼現在才鬧鬼呢？

不自覺地起身，聽得見心臟噗通噗通的跳動聲。我朝傳出人聲的地方望去，和剛才發出聲響的果然是同個方向。櫃檯內側。有一扇掛著「職員室」門牌的門，平常總是上鎖，應該沒人進得去才對。可是，現在裡面傳出了哀號聲。我以為自己完全沒有通靈能力，但是現在很明顯地感覺到裡面有什麼——

門忽然打開了。

「嗚……好痛……」

出現一個女人。

只見她皺著眉，手摩挲腰間，從門內走出來。

「咦？」

看到我，她疑惑地眨了眨那雙大眼睛。

「妳在這種地方做什麼？」

被她這麼一問，我陷入混亂，只能滑稽地張著嘴，回望那個女人。

至少，她看起來不像鬼魂。

不過，是個沒看過的女人。看上去頗年輕，可能二十幾，也可能三十幾，差不多就這歲數。只是現代人化妝功力強大，我對自己的判斷也不太有自信。她穿著白色罩衫和樸素的長裙，黑髮用一個白色髮圈束在腦後。沒在學校裡看過這樣的老師。

我才想問她在這種地方做什麼咧！不過，還來不及開口，她又說了：

「啊、我知道了我知道了，妳該不會是圖書股長吧？太好了，這間學校也有好好指派圖書股長。要不然，我一個人整理實在有點吃力。」

我聽得一頭霧水。

面對逕自想通了什麼的她，我終於能夠發出聲音：

「那個……請問，您是……哪位？」

多麼不像樣的問題。

「啊、抱歉抱歉，我真是的。」

女人眨動雙眼，對我微笑。

「我叫塚本詩織。」

接著，她雙手插腰，抬頭挺胸。

用這彷彿能聽到「耶嘿」笑聲的姿勢，她又說：

「不瞞妳說，我是這間學校新聘的圖書管理員。」

我一臉愕然，看著如此洋洋得意自我介紹的她，腦子跟不上眼前的狀況。她歪著頭笑了笑。

「妳呢？圖書股長同學？」

「呃……我是二年級的真汐。真汐凜奈。姑且算是……圖書股長……」

「真汐同學，請多指教囉！」

「那個，老師……」說到一半，我有些猶豫。她自稱圖書管理員，我不知道是否該用「老師」稱呼她。不過，塚本老師只歪著頭「嗯？」了一聲，像在等著我繼續往下說，看來或許可以稱她老師。「那個……老師您為什麼……會在這裡？」

「我啊，被指派從本年度開始負責這間圖書室喔！妳看嘛，這裡幾乎沒有整理過，連電燈好像都壞了。再這樣下去，書本們實在太可憐了，同學們也失去親近書本的機會。這樣真的很可惜。」

所以，她好像從今天早上就開始整理這裡的書架。塚本老師笑著說，剛才收拾職員室的時候，堆高的紙箱垮了，差點把她壓在下面。原來哀號聲是這麼來的。

「那……接下來您該不會每天……都來這裡吧？」

「是啊！」老師點頭。「首先是大掃除，再來整理書架，最後得要採購許多讓大家看了就想讀的書。」

這樣我很困擾——

我的大受打擊，似乎都寫在臉上了。

塚本老師不可思議地看著我。

「真汐同學，妳也會幫我吧？」

我低下頭，想逃離老師的視線。

「可是，為什麼這麼突然？就算學校裡沒有圖書管理員，也沒有人覺得不方便。」

「校園裡的圖書室都必須有負責打理圖書的人，這是規定。校方決定從今年開始，也要好好遵守這項規定了。」

於是我就來了。塚本老師再度抬頭挺胸這麼說。

怎麼辦？既然是校方決定的事，我區區一個學生不可能推翻。走投無路了。因為，這就表示，從今以後塚本老師每天都會進出這間圖書室。不光是如此，要是這個死過一次的地方重獲新生，有愈來愈多人來使用怎麼辦？

「對了，老師想請真汐同學幫個忙——」

我抓起桌上的包包，打斷她的話。

「不好意思，我差不多該回去了，和朋友有約。」

這當然是謊言。

把漫畫塞進包包裡，自己也不明白為什麼要這麼做就衝出圖書室了。

從明天起，我該在哪裡吃午餐才好呢？

＊

隔天中午，我在教室裡吃三明治。

不過，也只努力了這麼一天。無論如何都無法不在意別人對我報以好奇的視線，我忍受不了這種情況。只要和教室裡的同學四目相對，腦子裡就會擅自做出各種想像。不由得猜測起他們都是怎麼看我的？比方說，他們一定會這麼想：為什麼這個女生總是落單？聽說她一年級時一天到晚裝病請假，是真的嗎？午休時間總是一個人，是不是沒朋友？曾幾何時，教室裡那些歡暢的笑聲，在我的想像中變成同情我、嘲笑我的聲音。

我認為自己徹頭徹尾就是個被太陽烤焦的吸血鬼。

不想被任何人看見，只能屏住呼吸，低調生存。

所以，隔天一到午休時間，我立刻就跑出教室。快步穿越走廊，前往我的安寧之地。校舍角落，昏暗長廊的盡頭。寫著「圖書室」的門牌雖然還是掉漆，已經沒有傾斜一邊了。

猶豫了一會兒，還是把門打開。

室內的電燈亮著，耀眼得像是另一個世界，使我感到頭暈目眩。

「哎呀，是真汐同學。」

大概正在把書搬上書架吧。

手上抱著好幾本厚厚的書，塚本老師笑著向我寒暄。

「午安。」

我也點點頭，用微弱得像蚊子叫的聲音打招呼。

「妳來幫我了嗎？啊、還是想來借書？」

「呃、那個……」

我欲言又止，環顧圖書室裡的景色。

還有好幾疊堆積成塔的書，也還是遍布塵埃。即使如此，這裡已經不是我認識的那個地方了。

老師手上依然抱著好多書，不解地歪頭看我。

總覺得，她的表情好天真無邪。說不定她以為我是個責任心強的圖書股長。

該怎麼辦好呢？

就算轉身回教室，等著我的也只有令人窒息的時間。雖然麻煩，雖然提不起勁，比起磨耗神經又無聊的教室，這裡可能還比較輕鬆。

「那個……只是一下下的話，我可以幫忙。」

聽我這麼一說，塚本老師臉都亮了起來。

「哇，真的嗎？謝謝啦！」

彷彿荒廢的墓地中央開出一朵花。

老師的笑容就是這麼開心。

＊

從那天起，我開始一點一滴幫起塚本老師的忙。

有時整理滿出書架的書，按照老師的指示放回書架；有時打掃積了一層灰的地板。老實說，我也想不通為什麼要把自己寶貴的午休時間和從無聊課程中解脫後的放學時間用來做這麼麻煩的事。可是，我那心不甘情不願的表情，對塚本老師好像一點也不管用。她總是笑著說「謝謝妳喔」，讓我不知如何反應才好。心想，這個老師一點也不像大人，反而比較像個小孩。

算了，反正我也沒別的事好做，幫一下忙沒什麼關係。只是，我本就不擅長需要使力的工作，每天都做這些事對我來說可能太吃力了。

看到這個地方的書逐漸整理好、灰塵都擦拭乾淨，沐浴在光線下愈來愈明亮的樣子，不知怎的，這種感覺很像皮膚一點一點被烤焦。

某天，我抱著原本埋沒在職員室的書，往書架方向搬去。

根據塚本老師的說法，即使是這麼一間小圖書室，其實校方一直都有撥出買書的預算，之前增田老師好像也隨便擬了書單，一直有採購新書進來。只是那些書都沒有好好上架，長期沉睡在職員室裡。管理得這麼隨便，還真叫人不敢恭維。幫忙搬書之後我才發現，書這種東西可真重。尤其這些書裡包括了精裝書和厚厚的圖鑑，對力氣不大的我來說，光抱起來就得費一番工夫。因為嫌搬運麻煩，想一口氣多拿一點，可能是太貪心了吧？腳下一個踉蹌，身體失去平衡。自己絆住了自己的腳，踢到放在地上的那疊舊書之塔。連發出尖叫的時間都沒有，我跌了一個大跤，手上的書在半空中翻一圈掉落。

「沒事吧？」

塚本老師急忙跑到我身邊。

她蹲下來抓住我的肩膀。

「我……沒事。」

愛惜自己身體的我，在跌倒時毫不猶豫放開手中的書，一屁股跌坐在地。大概正因為這樣，只有屁股稍微痛了點，其餘地方都沒受傷。如果精裝書正好掉在腳背上，或許就有點危險了。

「不好意思，把書撒了滿地。」

「沒受傷就好。」

老師像是放下一顆心，咧嘴一笑。

我們兩人開始撿起掉在地上的書。

「咦？」

撿書的過程中，我發現一樣掉出來的東西，發出疑惑的聲音。

「怎麼了？」

老師依然跪在地上，歪著頭問。

「這個，不知道是什麼？」

我撿起來的，是一張舊舊的信紙。

從紙張發黃的程度看來，應該有點年分了。

「信？是夾在哪本書裡了嗎？」

老師朝已經撿起來放在桌上的書堆投以一瞥。被我踢翻的那些書裡，也包括原本還沒收進書架、只是隨意堆放的舊書。這張信紙可能就夾在其中一本裡面。我打開手上的信紙。

以工整字跡寫成的文字，映入眼簾。

未來的我，妳實現夢想了嗎？

這是一封以這句話為開頭的信。

內容雖然不長，卻是充滿夢想與希望的文章。信裡描繪了自己如何懷抱成為女演員的夢想，以及決定朝這目標努力的決心。也提到她為什麼立志成為女演員，想成為什麼樣的女演員。「未來的我，妳實現夢想了嗎？」信末又同樣以這句話總結。最後，寫這封信的女生簽下自己的名字，二年B班加藤公子。也有日期，我嚇了一跳，那竟然是將近二十年前的日期。

「這是寄到未來的信呢！」

不知何時，塚本老師從我肩膀後面探頭窺視信紙。鼻端飄來老師洗髮精的香氣，我偷看了一眼她瞇著眼睛讀信的側臉。

「寄到未來的信？」

「時空膠囊啊！說不定當時上了這麼一堂課，要學生寫信給未來的自己。這樣一來，可以讓學生更容易想像將來自己想成為什麼樣的人。」

「那這封信怎麼會夾在書裡了呢？」

「誰知道，可能她原本打算以後再來拿，或是不小心夾進書裡找不到了……從這封信沒裝進信封這點看來，找不到的可能性很高。」

「寄到未來的信啊……」

請寫下你對未來的夢想。

手上這封信，使我腦中浮現那句枯燥無味的話。

為什麼大家都能像這樣，對自己的將來抱持希望呢？
兒時的夢想，長大之後根本不可能實現。
別說夢想了，我連自己會成為什麼樣的大人，都一點也想像不出來。
因為，像我這種人類中的瑕疵品，究竟有什麼未來可言。
信紙很舊了，光是手指稍微用點力，好像都會把它捏皺變形。
「如果她是故意把信藏在這種地方，那麼後來夢想絕對沒有實現。」
「咦，怎麼說？」
「因為這個人的夢想沒有實現，她才不好意思回來拿這封信吧。」
「是這樣的嗎？」
老師似乎不太贊同我的意見，抬頭仰望天花板。
「再說，女演員哪有這麼好當。」
「真汐同學真是的，怎麼說出這麼沒有夢想的話。」
「反正一定是這樣啦。」
老師鼓起腮幫子，嘟嘴說：
「我覺得沒這回事。」

不管怎麼說，我們都無法確認她是否真的實現了夢想。
為了保險起見，這封信就交由塚本老師來保管。
我撿起最後一本掉在地上的書，站起來。
「我今天差不多要回教室了。」
這封信的主人，問自己未來將會成為什麼樣的人，也問未來的自己是否實現了夢想。假如換成我寫一封信給未來的自己，大概連問都不必問吧！夢想這種東西，就算懷抱了也不可能實現。我連能不能長成大人都很難說了，畢竟，我可是一天到晚請假不上學，好不容易熬到四月換了新的班級，結果一切還是沒有變順利的人。我想我一定會繼續這樣下去，到最後出席日數不足，進不了像樣的高中，被大家看不起，一再留級，考不上大學，找不到工作，變成一個繭居族。
所以，說不定。
說不定我活不到未來。我是這麼想的。

*

「對了，凜奈，妳平常午餐都怎麼解決？」

又過了幾天之後。

照慣例幫忙搬書的工作告一段落，再過一會兒午休時間就要結束時，老師忽然這麼問。也忘了從什麼時候開始，她直接喊我凜奈了。

「喔……過來之前先吃了。」

為什麼我要說這種謊呢？

教室裡根本沒有我吃午餐的地方，在那裡吃說不定會招來同學的憐憫。自從開始幫老師的忙，我只能趁午休即將結束的短暫時間，找間空教室迅速啃完三明治。

「真的？有那個時間吃嗎？」

「因為我都只吃塊麵包而已。」

尷尬地背對老師的視線時，竟然發生了如漫畫情節般的事。

彷彿是要告發我的說謊之罪，肚子發出好大的咕嚕聲。

忍不住面紅耳赤，急忙抬頭看老師。

「那個……今天還沒吃啦……」

這麼一回答，老師就微微歪著頭，露出爽朗的笑容。

「既然如此，今天要不要跟老師一起吃？」

「呃……這裡可以吃東西嗎？」

「這裡是不可以，不過那裡就沒關係了喔！來吧，跟我來。」

說著，老師走向櫃檯裡的職員室。鉸鍊都已生鏽的那扇門後，出乎意料地竟然鋪了榻榻米。最裡面有個塞滿書本的附門書櫃，書櫃前方至少一半以上被不知道裝了什麼東西的紙箱擋住。屋內中央有個小矮桌，上面放著笨重的電腦。

「把鞋子脫了，進來吧。」

「打擾了。」

又不是被邀請到老師家，我卻莫名緊張。若說這裡是老師的房間，未免太狹窄又侷促了。踏上榻榻米，一股獨特的氣味鑽入鼻腔，不過，其中也夾雜著一絲芳香劑的怡人香氣。

老師拿出乾乾扁扁的座墊，我們並肩坐下。移開電腦鍵盤，她拿出看似自己做的便當。相較之下，我從包包裡拿出來的只是一個便利商店三明治。

雖然我沒有刻意露出渴望的眼神。

老師還是溫柔地笑了。

「凜奈也吃一點？」

「不用了。」

我打開三明治的包裝。

「別跟我客氣喔！也算答謝妳總是來幫我忙。」

「真的不用，我在減肥。」

「是喔——」

她狐疑地看著我。

為了逃避這視線，我咬一口三明治。

老師的便當盒非常小，裡面的飯菜看上去卻非常美味。配菜分量都少少的很有氣質，唯有白飯中央放的酸梅乾好大一顆，整個比例很不對勁。她一邊津津有味地吃著，一邊跟我聊各種話題。

在來這個學校之前，老師原本在另一間學校工作。那時不只管理圖書室，也擔任一個班級的導師。「別看我這樣，我可是有國語教師執照的喔！」她得意洋洋地抬高下巴這麼說。校方似乎請她今年專心在圖書管理員的工作上，暫時先不用授課，不過，稱呼她「老師」倒是沒任何問題。

後來，我也沒特別問她，老師就兀自說起自己喜歡的小說和作家。除了從前的知名文豪大師，好像也舉出活躍於現代的作家名字。只是我對這方面的事一點都不清楚，吞下最後一口三明治的同時，那些資訊已全部從我記憶中消失。

「怎麼，凜奈不喜歡小說呀？」

「沒什麼興趣。」

「妳不是圖書股長嗎？」

老師不滿意地噘著嘴這麼說。

「那當然是靠抽籤決定的啊。」

一年級的時候是這樣，升上二年級後，大家又順水推舟要我繼續當圖書股長。也好啦，正因如此，我才能假借圖書股長的名義來這個地方。儘管塚本老師出現後，我的立場就很危險了。

還能像這樣每天來這地方到什麼時候？

我還能活到什麼時候？

「明明不喜歡看書，為什麼來這裡？」

「因為這裡安靜……」被她戳到痛處，我低下頭。「這裡正好適合看漫畫，不用擔心被老師發現或被罵。」

說完我才赫然一驚。塚本老師也算是老師啊，她說不定會和其他老師一樣，一發現我帶漫畫來學校就大動肝火，或是在大家面前沒收我的漫畫書。

那個女生惹老師生氣，又請假沒來上學了吧？

哇，那根本就是找藉口不上學啊……

「那個——」

「欸！妳都看什麼漫畫？跟老師說說嘛。」

然而，塚本老師沒有生氣。別說生氣了，她還雙眼發光地看著我，把我嚇得不知道該不該回話。老師又繼續說下去了，這次是自顧自地提起她喜歡的漫畫。

聽著老師說她看哪些漫畫長大、以前最期待《少年JUMP》裡的哪篇漫畫連載，我終於擠出了聲音。

「呃……老師也會看漫畫喔？」

「對啊。」老師露出不解的表情。「只要是故事，我什麼都看喔！」

大人也會看漫畫，我很意外。

老師一邊收拾便當盒一邊說：

「對了，這麼說起來，凜奈是為了看漫畫來這裡的囉？」

「嗯，算是……」

「這樣的話，原本可以悠悠哉哉的看漫畫，現在卻突然被老師指派工作，妳一定覺得我很礙事吧？」

她笑著這麼說。

「呃……嗯、那個……」

我囁囁嚅嚅地點頭。老師又笑了。

「這樣啊！嗯……對啊，按照校規確實是不能看漫畫。可是，只要在圖書室裡看，我就不會干涉。只是，不能讓其他老師知道喔。」

「真的可以嗎？」

「不過，交換條件是，妳要以圖書股長的身分繼續幫我的忙。」

豎起食指，塚本老師這麼說。

我稍微猶豫了一下。想到今後每天都要來搬沉重的書、打掃圖書室，就覺得不太情願。

接下來，老師也不管我有沒有回答，又追問起我都看什麼漫畫。既然她這麼想知道，我也不排斥了。打開包包，拿出我正在看的漫畫書，簡單說明了故事大綱，老師一副很感興趣的樣子說：

「是喔？那我也想讀讀看這本漫畫。」

看到她像個孩子似的露出雀躍神情，我也像被什麼附身地說：

「這本我看過好幾次了，可以借妳一陣子。」

「咦？真的嗎？太棒了！」

塚本老師發出小女孩般的歡呼聲，接過那本漫畫。

「凜奈呢？要不要讀讀看小說？就當道謝，借妳我推薦的小說吧！」

「小說嗎？」

「讀看看嘛！既然都當了圖書股長，怎麼能不讀文學呢？」

總覺得，好像是被她這股天真無邪的氣勢趕鴨子上架。

「嗯，好是好啦……」

回過神時，我已經這麼回答了。

＊

從那天起，我與塚本老師展開奇妙的讀書交流。

我借老師自己推薦的漫畫，老師看過之後，會說「既然凜奈喜歡這套漫畫，那妳一定也會喜歡這種小說吧？」從書架裡挑選適當的小說推薦給我。當我讀小說的期間，老師就看我新介紹給她的漫畫。大概是像這樣。

老師推薦我的小說，大都簡單好懂又有趣。因為自己手邊的漫畫早已重複翻閱多次，讀這些小說對我而言成為新鮮的體驗。幫忙圖書室的工作之餘，有時也和老師一起吃午餐，互相交換讀書與漫畫的心得感想也不賴。既然不是漫畫書，早自習時間在教室裡看書打發時間，鈴木老師也不會生氣。我樂在其中地思考下一本要介紹什麼漫畫給塚本老師，也期待下次老師不曉得會推薦什麼小說給我，甚至迫不及待想趕快去圖書室了。

話雖如此，老師選的書也不全是那麼完美，有時也會出現不太合我口味的小說。

「嗯──那本書我不太喜歡。」

那天，一邊把不需要的書裝進紙箱，一邊聊起老師借我的書。因為圖書室的書架空間有限，採購了新書，無論如何就得丟掉一些多出來的舊書。陳舊、被太陽曬得褪色或散發霉臭味的書，我將這些書一一裝進紙箱。

「為什麼？」

老師站在舊書架前，篩選出不要的書。一隻手上拿著文件夾板，一下在紙上寫什麼，一下又像是看著清單對照書名。聽說淘汰圖書是有基準的，還需要校長的許可。她在看的或許是這方面的文件。

我回想起昨天讀完的短篇小說：

「總覺得……每個短篇的故事結局都只是含糊帶過。」

老師停下手，看著我。

「從每個故事裡，好像都能感到一絲希望，但是最後卻沒確定地寫出來。怎麼說呢，讓人懷疑接下來的未來會變成怎樣？好像只踏出一步就結束了，這樣日後真的會順利嗎？比方說，最初的短篇，就算這時戀情開花結果了，兩人成為情侶，一定也會半途分手吧？國中生的戀愛都是這麼回事。」

「凜奈啊，」

老師露出有點寂寞的表情看著我說：

「妳對未來好像有點悲觀耶？」

接著，她淡淡地笑了。

為什麼老師展現出這麼溫柔的笑容，我不是很明白。

可是，老師說的或許沒錯。

我對未來的態度很悲觀。

內心只有不安。

壓根不認為自己會成為大人。

因為我知道，自己絕對無法順利活下去。

所以，一看到故事結局那樣含糊帶過，思考就不由自主扭曲起來，認為一定不會順利。

「書裡沒有寫出來的事，凜奈都可以自由決定喔！這就是所謂的『對故事發揮想像力』。」

「這樣的話，我覺得結局一定還是失敗。」

我怨嘆地說著，繼續把書裝進紙箱。那些被刺眼陽光灼傷、變得破破爛爛的書，發出濃厚的霉味，上面還有打翻了什麼的汙漬痕跡，書頁角落破損不堪。要是可以的話，我才不想碰這種書。像屍體一樣的書。

豈不是跟我一樣嗎？我這麼想。

到最後，每個人都拒絕我，我就會像這樣被拋棄。
我無論如何都只想像得出這樣的未來。
因為，我什麼都沒有。
「寫上次那封信的女生，她追求夢想一定也失敗了。絕對不會錯。」
「說不定不是妳說的這樣啊！」
老師的語氣有點賭氣，我也用賭氣的語氣回應：
「絕對是這樣的啦！」
「不然，我們來確認看看，如何？」
沒頭沒腦這麼一說，老師像想到什麼好主意似的，整張臉都發光了。
「確認？要怎麼確認？」
「這我也不知道。」老師皺著眉頭。「不過，既然凜奈那麼說，那就去證明給我看看呀！」
「怎麼證明啊？」
為什麼我非做這麼麻煩的事不可？
「啊、不然這樣吧！」老師拍著手說：「老師跟妳打賭。確認之後，如果寫信的人沒有實現夢想，那就算是凜奈贏；如果她實現了夢想，那就是老師贏。」

為什麼事情變成這樣？

儘管傻眼，我還是姑且一問：

「贏了會怎樣，有什麼獎品嗎？」

「嗯……」老師歪頭皺眉，像在思考什麼困難的問題。「不然這樣，凜奈贏的話，老師會盡可能答應妳任何事……例如，如果妳不想幫忙，只想看漫畫，我就答應賦予妳這個權利。」

我覺得不可能確認得到，她只是隨便說說而已。

「如果老師贏的話，我想想喔……到時凜奈就要認真執行圖書股長的工作。對了，讓妳當首席圖書股長如何？凜奈已經在這邊學會各種工作了吧？再過不久，我想請其他班級的圖書股長也過來幫忙，這麼一來，妳就可以領導大家了。」

老師挺起胸膛這麼說。聽著她的話，我內心暗自錯愕。低下頭，思考老師口中即將到來的未來。

對，那是理所當然的事。

這地方不可能永遠是座只屬於我的墳墓。

總有一天這裡會恢復活力，來值班的圖書股長增加了，其他學生也會上圖書室借書。到時候，我該如何是好？

是否又得再次暴露在同學們好奇與憐憫的視線下，被那熱度燙傷？

和老師兩人獨處，聊彼此看的書，這樣的時光總有一天會結束。

「凜奈？」

「老師，不管我說什麼妳都會答應嗎？」

不需要其他圖書股長。

只要有我就好，我會努力做好圖書股長的工作。

所以，請不要奪走我的容身之處。

如果我這麼拜託的話，妳會答應嗎？

「我知道了。」

我抬起頭，對老師這麼說。

「這樣的話，我們來確認看看吧。」

*

倒也不是完全沒有線索。

既知道她的名字，信上也寫了年月日。換句話說，只要找到畢業紀念冊之類的東西，說不定能發現些什麼。再說，假設有畢業生當上女演員，從以前就在這裡任教的老師也有可能知道。

放學後，我在手機小小的螢幕上，輸入那個女生的名字。可是，沒有找到任何與「加藤公子」有關的網頁。看吧，我贏了。我高舉手機畫面，老師翹起嘴巴說：

「也有可能她是用藝名風風光光出道的啊！」

人家說東，她就說西。收起手機，我嘆了口氣。

「不然，找出畢業紀念冊來確認一下吧？如果照片裡的她看起來是個大美女，說不定有可能。」

可是，將近二十年前的畢業紀念冊，要去哪裡找？

會在這間圖書室裡嗎？

「那種東西或許放在校內的保管倉庫喔，去教職員室問問看吧。」

「教職員室……」

這實在不是個稱得上讓人想去的地方。我忍不住皺起眉頭。

「老師也會跟妳一起去，放心吧。妳又沒做什麼壞事。」

塚本老師帶著我前往教職員室。明明沒做什麼壞事，愈靠近教職員室，不知為何，走在走廊上的我頭就垂得愈低。

「報告。」

我口齒不清地打了招呼，走進教職員室。小心迴避其他老師的視線，一直緊緊跟在塚本老師背後。塚本老師走向鈴木老師的位子旁，就是那有著嚴厲眼神的火腿子老師。誰不好找，偏偏找這個老師。我怕被她瞪，低頭盯著自己的指甲。塚本老師開始向鈴木老師說明原委。

「那就麻煩您了。」

說著，塚本老師低下頭，我也學她彎腰鞠躬。看來，想進入保管倉庫，要先獲得鈴木老師的許可。

「嗯，沒關係啦。對學校的歷史感興趣是好事，我也很欣慰。」

我沒聽到塚本老師怎麼說明的，總之，火腿子老師站起來了。

「啊、塚本老師！」

另一個老師叫住了塚本老師。

「是，有什麼事嗎？」

「關於今天早上那件事——」

怎麼會這樣，塚本老師竟然直接跟著那位老師走到後面的辦公桌去了。我看到她用視線對鈴木老師表達「剩下的就拜託您了」。偏偏得跟這位嚴厲的老師獨處，這跟原先講的不一樣啊。

「那麼，真汐同學，我們走吧。」

我發出蚊鳴般的微弱回應，手足無措、搖搖晃晃地跟著火腿子老師走。早知道會這樣，就不該答應塚本老師提出的打賭。我甚至開始如此後悔，可見有多害怕。

保管倉庫位在教職員室附近，火腿子老師打開倉庫門鎖。室內空間狹窄，擺滿附門板的辦公鋼櫃，裡面滿滿都是資料文件類的東西。畢業紀念冊大概就存放在這裡。或許因為很少人進出，這裡的霉味感覺比圖書室還重。

「妳要找的，是哪一年的畢業紀念冊？」

「是……」

我把信紙上的年分告訴她。火腿子老師走到鋼櫃前，手指滑過要找的那本畢業紀念冊。

「哎呀，這一年是——」她像是想起了什麼。接著，在抽出那本畢業紀念冊前，轉頭問我：「妳想查什麼呢？」

「呃、那個……」

我很不擅長說明事情。臭塚本老師，竟然把我一個人丟下，給我記住。內心這麼撂下狠話，嘴上支支吾吾解釋：

「書裡有一封信，是寄到未來的信。」

我想查的是，寫那封信的人現在在做什麼。

勉強說明完，將從塚本老師那裡拿到的信出示給鈴木老師看。

鈴木老師盯著那封信看了好半晌。

她是不是生氣了？我忽然擔心起來。

「這個……」

好不容易，老師輕聲低語。平常聲音那麼宏亮的她，很難得用這種語氣說話，聽起來甚至有點沙啞了。

「哎呀，討厭……妳在哪裡找到這個的？」

低頭看著那封信，老師問。

「就是……好像夾在圖書室裡的一本書中……」
「這樣啊。」
接著，鈴木老師依然凝視著信紙，溫柔地笑了。
「這個叫加藤公子的女生，就是我喔！」

*

好一會兒，我嚇傻了。
因為，誰能想像得到事情會發展成這樣。
鈴木老師的視線還放在信紙上，口中恍然大悟地喃喃低語：
「對啊，是這樣沒錯。我當時或許真寫了一封這樣的信，印象中是去圖書室查資料，好像就是在那時不見的。老師要我再重寫一次，因為原本的內容太難為情，記得後來寫了完全不一樣的另一封信。」
「咦？可是，那加藤是——」
「真是的。」老師看著我笑了，「老師也會結婚啊！」

原來如此，我怎麼沒察覺這理所當然的事？所以加藤才會變成鈴木[1]啊。接著，我又靈光一閃，發現火腿子老師這綽號的由來了，「公子」也可以拆成「ハム子」來唸，就是「火腿子」沒錯[2]。

「是啊！那時的我，曾經想成為一名女演員。」

用彷彿早已忘了這個夢想的語氣，老師這麼說。

然後，她一直凝視著那封信。或許因為睜大眼睛細看的關係，縮著肩膀讀信的火腿子老師，讓我感覺她好像整個人縮小了一圈。那總是露出犀利目光的眼角，閃動著淚光。

老師吸了吸鼻子。

面對按壓眼角拭淚的老師，我開口詢問：

「老師，妳會難過嗎？因為小時候的夢想沒有實現。」

1 編註：由於日本法律規定夫婦必須為相同姓氏，因此日本女性在結婚後大多會依循傳統改從夫姓。在此指火腿子老師婚前的舊姓是加藤，結婚後才改姓鈴木。

2 譯註：日語中「公」字可拆成片假名「ハム」，發音與「火腿」一樣。

火腿子老師搖搖頭。

「不會，沒這回事。」

她笑了。

「沒錯，我或許沒有實現當時懷抱的夢想，現在成為那時候的自己想都沒想過的人……但是，總覺得好懷念那時候。」

雖然早就忘記了，當時自己真的一心想成為女演員呢！非常渴望成為舞臺劇演員，進入劇團從早到晚排練。十幾歲的時候，擔心自己要是沒能成為演員怎麼辦，內心充滿不安。其他可能的未來，連一丁點都沒有考慮過。還真心覺得如果夢想沒有實現，自己可能會死掉。

「不過，出乎意料的，人生總有辦法過下去。」

笑著這麼說的老師，表情裡連一絲悲傷難過的氣息都感覺不到。

她那宏亮動人的嗓音，與為了站在舞臺上能一眼望遍所有觀眾而磨練出的銳利目光，反而散發出幸福的顏色。

「話說回來還真厲害，這封信竟然真的送到未來的自己手上啦！做夢也想不到我能擁有這麼寶貴的經驗。人生會發生什麼事，實在說不得準喔。」

真汐同學，謝謝妳。

我難為情起來，說聲「那我沒有其他要調查的事了」，就離開了保管倉庫。

*

回到圖書室，向塚本老師報告事情經過之後，盯著書架看的她笑出聲音說「這樣啊」。不知為何，她看起來沒有很驚訝。我把手肘支在桌面上，凝視著繼續手邊工作的老師的側臉。

「確實，夢想有時也是不會實現的呢。」

「我不是說過了嗎？大多都會失敗的啦！」

塚本老師對我投以一瞥，微微一笑。

「可是，就算未來和自己想的不一樣，當時懷抱的心情一定也不會白費。只要在回憶裡輕輕夾上一頁書籤，日後就能懷念起這段寶貴的時光。」

老師從書架裡抽出一本書，像在唱歌似的這麼說。

我不以為然。就算我變成大人了，也未必會想要回憶現在這段時光。我不認為自己會想這麼做。受盡眾人嘲笑、在教室裡格格不入，內心滿是悔恨與痛苦的這段時光，我不可能會想重溫。所以——

「那是騙人的吧？」

我低下頭嘟噥。

「沒這回事。」

「不管現在有多難受、多痛苦也一樣嗎？就算現在痛苦得絕對不想記住，也是一樣嗎？」

「或許妳不相信，但總有一天會懷念的。即使是痛苦的回憶，把這份難受的心情轉換為動力的那一天一定會來臨喔！」

老師抱著書笑了。

我再次低下頭。

因為我完全無法想像。

無法想像會有那麼一天，擁有那樣的未來。無法想像成為大人的自己。

「老師，這場打賭是我贏了喔！」

我這麼喊。

「嗯，真汐同學贏了。老師該答應妳什麼要求好呢？」

別丟下我一個人。

感覺自己眼皮發熱，我咬緊嘴脣。不需要其他圖書股長，沒有別人來使用圖書室也沒關係。所以，請不要奪走我的容身之處，讓這裡保持死掉的狀態就好。我還是那個悽慘的吸血鬼，請讓我繼續躲在這裡。

老師，至今一直沒告訴妳。

我跟普通學生不一樣。

上學對我來說是一件難受的事。

待在教室裡也很痛苦。

我不想被眾人嘲笑，不想再被狠狠欺負了。

所以……

「我不幫妳的忙了……所以，請給我……在這裡讀書的權利。」

「嗯，我知道了。妳想在這裡多久，就在這裡多久。和老師一起讀書吧！」

我裝成眼睛發癢，用手背揉眼睛。

抬頭一看，老師正拿出什麼東西給我。

「這是？」

「書籤啊！當作我們約定的證據。」

那是一張白色的、漂亮的，親手做的書籤。

「為了總有一天降臨的未來，要和這頁書籤一起讀很多書喔！因為故事不會背叛凛奈。」

*

不知不覺，春天也快結束了。

天氣悶熱，氣溫逼出額頭的汗水。

從剛讀完的文庫本上抬起頭，環顧四周，遮蔽太陽光的窗簾隨風飄動。坐在一旁桌邊用功的女生瞥了一眼窗簾，露出嫌棄的表情。大概是一直摩擦到肩膀，搔得她很癢吧。

吸血鬼居住的墳墓，曾幾何時已徹底淨化。書架排列得整齊美觀，完全看不出往日的痕跡，到處都貼著詩織老師設計得美侖美奐的布告。怎麼會這樣呢？說來或許理所當然，映在肌膚上的溫度比想像中還舒服。

「老師——這個怎麼辦？」

櫃檯裡，正在包書套的女生大喊。

把自己關在職員室裡、似乎忙得不可開交的詩織老師這麼回答：

「去問凜奈！」

於是，那個一年級的女生咚咚跑到我身邊。

「真汐學姊，有件事想請妳教我。」

「我等等就過去。」

「好，不好意思。」

目送女生背影離開，我的視線落在手中的文庫本上。

只要讀書，其他事都不用做的權利，跑到哪裡去啦？

暗自竊笑，正想把手上的書籤夾進書裡時，忽然發現。

大概太專注了吧，讀著小說時，手上就這麼緊握著書籤，汗水都滲入白色書籤裡了。每次都這樣。好好一張書籤被我弄得愈來愈髒。然而，總覺得這些汙漬正是書籤守護著我的證明，對它愈來愈有感情，真是不可思議。把書籤夾進剛讀完的這本書裡之後想再重看一次的頁面，我站起身。

那天過後，我不知不覺產生了夢想。

總有一天，我也會成為大人吧！到那時候，我也能像回頭重讀書中片段一樣，擁有想再次回憶的片段時光嗎？

內心仍有巨大的不安，未來的事誰都不知道。可是，正因如此。

一如對故事結束後的發展發揮想像力，我也稍微想像起自己的未來。

將我溫柔裝訂成冊

讀後心得什麼的，最討厭了。

真要說的話，讀書這個行為本身就無聊到不行。尤其讀小說最是痛苦。字那麼小，看了眼睛好累，不管怎麼讀，頁數好像都不會減少似的，有時搞不清楚哪句話是誰講的，又常出現不會唸的字。小說這種東西早就過時了。

可是現在是怎樣？讀書心得報告？

要我看一本書然後在稿紙上寫心得報告？

我真是走投無路了。往課桌一趴，下巴好痛。

令我如此煩惱的，是那糟糕透頂的壞心眼胖禿子老鄉出的功課。要我們從五本指定書籍中選一本，讀完後交出至少三張稿紙的讀書心得報告。十天內必須完成。也就是說，我得先讀完一本書再寫好報告交出去。才十天？至少三張稿紙？什麼跟什麼嘛！真的太狠了。我怎麼可能寫得出這種東西，那個胖禿子到底在想什麼？

老鄉是這麼說的。

「現代中學生對閱讀失去興趣，這實在令人非常惋惜。請各位抱著投稿讀書心得大賽的心情，平常就有必要習慣書寫讀書心得報告……」

不、老實說我沒認真聽，不確定他是不是真的說了這些話，總之大概是這意思。什麼叫有必要習慣書寫啊？我光是在早自習閱讀時間裝作在讀那些毫無興趣的書就已經很拚命了好嗎——

「小茜，老鄉出的功課，妳決定要看哪本書了嗎？」

放學後，同班同學艾路來問我。

艾路，聽說是知名遊戲裡出現的那隻很像貓的角色名字，不過我不清楚。交情好的男生們都這麼叫她，因為她本名是「藍琉」[3]，筆劃這麼多，寫起來一定很痛苦。

「還沒。」

聽到我嗚咽般的回應，她就發出殭屍一樣不可愛的聲音。

艾路擅自在我前面座位的椅子上坐下，低頭看我。老鄉發的講義還放在桌上，上面印著他選的五本指定書籍。好像特地用電腦做了這張講義，還連書的封面都放上去了。可是既不是彩色列印，解析度又很差，根本搞不懂什麼是什麼。

「我哪本都不想選啦！為什麼讀書心得大賽的指定書籍都這麼無聊啊？」

大人們為什麼總要拿出這麼無聊的書呢？我對戰爭沒興趣，那種事老早以前就結束了不是嗎？圓周率什麼的也跟我無關，更不想知道關於太空探索的事。至於外國的故事，身為日本人的我只會看得一頭霧水。還有，解說鰻魚的書看了能填飽肚子嗎？根本引不起我的興趣。這些東西在我的世界裡能派上什麼用場？

「就是啊！太難懂了。」

「真的，為什麼不選一些跟我們生活有關的書啊？」

「比方說？」

「我想想喔……像是如何成為 YouTuber 啊，或是怎樣剪出可愛影片之類的。」

「還有國中生也可以模仿的化妝術！」

「一讀就懂的吃再多也不胖訣竅！」

我們笑得兩條腿在半空中晃啊晃的。

「選書都已經這麼麻煩了，居然還得寫感想。」

「不然……」艾路像揭穿什麼祕辛似的說：「要不要找代筆服務？」

「代筆服務？」

「我在網路上查到的，有那種只要付錢就幫你寫讀書心得報告的公司。」

3 譯註：日語中「藍琉（Airu）」的發音與「艾路」相近。

「真假？」

我挺起身體。這是哪來的救世主？

「寫一次要付多少？」

「一張稿紙大概一千元左右。」

「貴爆！」我不假思索大喊。重要的事要講兩次：「貴爆！」

「順便跟妳說，寫三張稿紙的話，就是三千。」

「怎麼可能付得起！有這麼多錢都能拿去買衣服了。根本敲詐！」

「是不是！」

真的是要人家如何是好一朵美麗的茉莉花……

結果還是選不出來，就這麼和艾路一起回家了。艾路家離學校很近，又在回我家的途中，所以一起走路回家時，我通常都會目送艾路進家門。艾路家和我家不一樣，是所謂的透天厝。不但房子大，還是新蓋的，真叫人羨慕。傍晚時分，一走到艾路家門口就遇到面熟的阿姨。那是艾路媽媽，她剛好站在那裡和鄰居聊天，聽到艾路說「我回來了」，阿姨就用溫暖的聲音說著「回來啦」迎接她。然後，一如往常對我說「小茜也回來啦」，還說「要不要進來坐坐？」可是昨天和前天都上門打擾了，再怎樣今天也不好意思又上門。

跟艾路道別後，我一個人走回家。

爬上公寓樓梯，從書包裡掏出鑰匙打開家門。把昏暗屋裡的電燈打開，回自己房間躺在床上打滾。接著，拿出智慧型手機看影片。有時看動畫，有時看電視劇，有時看朋友上傳到社群網站的一分鐘短片。看了一會兒，到了想吃晚餐的時間，我就走到客廳。桌上放了五百元，奢侈一點叫個披薩吧！因為今天是會多送一個披薩的促銷日。看完一部動畫，外送的小哥正好把披薩送到門口。我一邊吃，一邊看因為超過網路用量而降速的低畫質影片。

媽媽回到家，已經是晚上十點以後的事了。

*

救世主突然降臨。

說的不是別件事，正是老鄉出的功課。

一如往常和艾路一起回家時，忽然想起不小心把家裡鑰匙放在課桌抽屜了。沒有鑰匙就進不了家門，可不能等明天再拿。丟下艾路，匆匆忙忙跑回學校拿。就在快走到夕陽下山後本該昏暗的教室時，發現燈還亮著，心想「真奇怪」。

聽見女生講話的聲音，我沒想太多就在教室門口停下腳步，偷偷窺探裡面的情形。一個女生坐在課桌前，正在寫些什麼。另一個女生站在旁邊看，一副不耐煩的樣子。是小澤同學和間宮同學。

「還沒好嗎？不是幾乎都寫完了？」

「嗯……是這樣沒錯，可是總覺得不太對。」

「那種東西誰會在意啊？真不愧是圖書股長。」

「才不是那樣咧！好，我決定了，這篇淘汰。我要寫另外一本的讀後心得。」

「欸？妳別本也讀了喔？」

坐在課桌前的間宮同學，把稿紙揉成一團，拋進垃圾桶。

「回家再寫。」

兩人從另一個門離開教室，她們後腳一踏出去，我前腳就踏進教室。該怎麼說呢，不自禁地就想避開她們。雖然同班，但我和她們完全沒有交集，所以這也是無可奈何的事。我跟那種不起眼的女生所在的世界就不一樣，即使對上眼神也不知道要講什麼，只會傷腦筋而已。

總而言之。

彷彿天啟一般，腦中靈光乍現。

我打開間宮同學她們乖乖關掉的電燈，走向垃圾桶。看到揉成一團的稿紙了。

我有點緊張，把那拿起來攤開看看。是三張疊在一起的稿紙。

幾乎每一格都填滿了字，寫得密密麻麻。

我開心得想跳舞。

這可以拿來用。一如她不起眼的外表，間宮同學是班上的圖書股長，下課時間明明有那麼多有趣的事可做，她卻經常拿這寶貴時間來看書。我想，她一定已經看完老鄉指定的書，寫好心得報告了。她說這篇要淘汰，打算寫別本。換句話說，就算我交出這篇被她淘汰的心得，老鄉也不會發現。當然，字跡一樣會露出馬腳，必須重新謄寫一遍才行。雖然有點麻煩，總比讀完整本書從零開始自己想心得打報告輕鬆多了。

我真是太天才了吧？

＊

午休時間。

我總在教室裡和艾路一起吃午餐。她的午餐當然是自己帶的便當，聽說阿姨每天早上都幫她做便當。每天分一口艾路的便當菜來吃，是我的例行公事，阿姨似乎連這都算進去，增加了配菜的分量。我在艾路一家人面前真是抬不起頭。不用說，我吃的是學校冷冰冰的營養午餐，早就嗑光了。

我們興高采烈聊起最近引爆話題的影片。這個話題告一段落後，又提起老鄉出的功課。

「小茜，妳決定好了沒？不快點決定的話，去圖書室也借不到想看的書喔！」

我故作神祕呵呵笑。

艾路露出不解的表情。

「幹嘛？妳撞到頭喔？」

「才不是，我有計策。」

故意小聲這麼說著，湊近艾路的臉。

艾路也很識相，自己把耳朵湊上來。她用的沐浴乳香味和便當的味道奇蹟般地聯手合作，我差點吐出來。

我告訴艾路，自己要把間宮同學作廢的稿紙拿來用。

「嗚哇，真假！」

「真。已經抄十行左右了。」

「是間宮同學寫的對吧？怎樣的內容？」

「怎樣的內容喔，我也不太懂。反正她寫得正經八百，老鄉一定無話可說。」

「妳現在有帶在身上嗎？給我看看。」

趁當事人間宮同學不在教室，艾路提出這個要求。

我往抽屜裡一摸，拿出夾在筆記本裡的三張稿紙。

「話先說在前頭，就算是艾路妳拜託我，這個也不能給妳用喔！要是寫一樣的內容，老鄉會發現的。」

艾路瀏覽一遍三張稿紙，抬起頭。以困惑的語氣說：

「這寫的，是哪本書的心得報告啊？」

「哪本？不就指定書籍嗎？」

「不是，這個我知道，我問的是書名。裡面從頭到尾都沒提到書名耶！」

「欸！」

「交出讀書心得報告時，也要寫下閱讀的是哪本書才行吧！這個老鄉有說喔。可是，這篇心得報告完全沒寫到書名。」

「啊……」

我從艾路手中搶回稿紙，從頭到尾仔細讀了一遍。果真如她所說，這篇心得報告裡沒提到書名。或許間宮同學原本打算全部寫完後，再加上「○○讀後感」的標題。可是，在那之前，她就把這篇報告丟掉了。

「怎辦……」

我那完美的策略正在瓦解中。求助地望向艾路，她骨碌轉動大眼：

「從心得報告的內容來推理呢？」

「話是這麼說，我只知道寫的應該是小說的心得報告……」

「五本裡有四本是小說，可以剔除一本了。」

「要是反過來就好了，這樣馬上就知道是哪一本。」

「其他呢？有沒有寫到關於內容的事？」

「沒有……」

一般的讀書心得，不都會先把內容綱要寫一下，然後再寫下自己的想法嗎？間宮同學的讀書心得報告卻很獨特，只寫著自己對主角的哪些地方有共鳴、主角的哪些地方和自己很像，都是這一類的描述，最重要的故事內容卻連一點都沒提到。

「總之，主角應該是女生，我覺得啦……」

「我看看。」艾路再次拿起那份心得報告打量。「不，不一定是女生吧？妳看，根本沒寫到名字或是『他』、『她』之類的代名詞。」

確實是這樣沒錯。

間宮同學寫的都是「主角」這樣、「主角」那樣，沒有提到「他」怎樣或「她」怎樣。搞什麼嘛！為什麼要寫得這麼拐彎抹角，也該替我想想吧！這個人絕對沒有文采。

「應該是那樣吧？」艾路得意洋洋地說。「跟我的名字一樣啦！主角的名字漢字一定寫起來筆劃多又難寫，一直提到名字就太麻煩了，所以才用『主角』統一。畢竟連我都討厭寫自己名字漢字的『藍琉』了啊！有夠麻煩。換句話說，妳只要找出主角用複雜漢字取名的那本書就對了。」

「真假。根本名偵探。」艾路，妳是柯南嗎？「不、可是，這樣的話，寫『他』或『她』不是更簡單？」

「啊、對吼，嗯唔——」

艾路歪著頭思考。

接著，她又忽然恍然大悟地說：

「我知道了！」

「真假？知道了就快跟我說。」

「一定是那個啦，字數問題。寫『主角』的話，一次就能占掉兩格，比寫『他』可以多賺到幾個字數啊！」

「真假，艾路妳根本天才啊。可以去當偵探了。」這麼說來，艾路家確實有整套柯南。「咦？可是這麼一來，不用管主角的名字好不好寫，都只要寫『主角』就好了吧？」

「啊、對吼。」艾路點頭。「會不會是書裡原本就沒寫到主角性別？或許她沒有要賺字數的意思，只是名字筆劃多，寫起來麻煩，但又不知道性別，只好寫『主角』？這可能性也不能說沒有吧？是說，有這樣的書嗎……到頭來，如果不自己去看的話，還是找不出到底是哪本書。」
「真的假的……」
我靠在椅背上，仰望天花板。
不實際讀一讀，就無法確定是哪本書。雖說沒必要讀完一整本，但要我去讀自己沒興趣的小說，光翻前面幾頁就跟嚴刑拷打沒兩樣了。真想在頭上寫個慘字……
艾路像是已經對這件事完全不感興趣，重新吃起便當。她食量小所以很瘦，真令人羨慕。
就在我悶悶不樂地盯著教室天花板時。
背後傳來笑聲。一整片的笑聲。聲音聽來有男生也有女生，是那種團結一致的笑法。艾路往我後面看，也輕輕笑起來。什麼事？大家未免笑得太誇張了吧？到底發生了多爆笑的事啊？我急忙轉頭，可是，轉頭看的時候，已經不知道到底發生過什麼事了。只看到一個女生跪在教室門口，一臉驚慌的她踉蹌起身。沒有人伸手扶她，也沒人問她「沒事吧？」大家只是嘻嘻竊笑，像什麼都沒看見似的轉移目光。班上最調皮的佐野吹起了口哨。那個女生拍拍髒掉的裙子，緊抿雙脣，離開了教室。
是三崎同學。

我稍微能夠想像發生了什麼事。大概是佐野故意伸腿去絆三崎同學，害她跌倒的吧？這一幕太有趣，大家才會笑成一片。

「妳錯過好戲了。那瞬間超爆笑的啦！都想拍成影片了。」

我看著這麼說的艾路。

「嗯。」

接著，我也用遺憾的表情說「吼唷！人家也好想看」。

對三崎同學做什麼都可以。

這間教室裡的規矩就是這樣。

可是，怎麼說呢。

「小茜，妳怎麼了？」

「沒有啊，沒事。」

並不是因為錯過好戲的關係。

我想說點什麼。

但是艾路那麼問我，我卻無法回答。

心裡有些理不清的煩亂，卻無法化為言語表達。好奇怪的心情喔。明明想說什麼，卻又說不出來。即使說出來了，也不知道自己到底想表達什麼。難以釐清自己的心情。不過，這種理不清的煩亂，跟媽媽夜裡遲歸時的心情有點像。

*

一放學，我就秒奔圖書室。

不管怎麼說，這篇讀書心得寫的到底是哪本書，我一定得找出來才行。

上次去圖書室，已經是一年級時的事了。平常早自習的閱讀時間，我裝作在看的都是從媽媽房間借來的書，所以沒必要來圖書室。媽媽婚前好像很愛看書，家裡那個小書櫃裡塞滿了舊舊的推理小說。不過，我從來沒看過媽媽看書的樣子就是了。

先不管那個了，進入圖書室後，我拿著老鄉印的指定書籍清單，在書架之間晃來晃去。可是，怎麼也找不到想找的書。這種時候或許可以去問圖書股長，但是，坐在櫃檯裡的，是個看起來很不可靠的女生。我和那種不起眼的女生太少共通點了，反而不知道要跟她們說什麼。別的不提，每次一跟她們搭話，她們就會露出驚嚇的表情低下頭。

「欸。」

果然不出我所料，坐在櫃檯裡看書的那個女生肩膀彈跳了一下，抬頭用怯生生的眼神看我。

「這書放在哪？」

我把清單遞到那個女生面前。

「呃……是鄉田老師指定的書？哪一本？」

「小說那四本。」

「四本都要借嗎？」

「只是想確認一下內容，我剛找了書架都找不到。」

「書架上的可能都被借走了。」

「啊？真假！」

「沒關係，職員室裡應該還有很多。」

那個女生站起身來，打開櫃檯裡面一扇通往後面房間的門。門牌上寫著「職員室」。「老師——」女生這麼一喊，裡面傳出一個女人的聲音。

「怎麼了嗎？小葵。」

「有人要借鄉田老師的指定書籍，二B的那個。」

兩人交談了一會兒，女生回來了，手上拿著四本書。其中一半是小本的書，另一半是硬殼的書，好像叫什麼裝本，一看就很難的樣子。

我接過書，回到圖書室內的桌邊。把讀書心得報告和書放在一起，先拿其中一本起來，確認大綱簡介，再快速翻頁瀏覽，看這本書的主角到底是什麼樣的人。可是，這件事做起來比我想像中難。間宮同學的心得沒有明確點出主角的特徵，光是這樣看，覺得有些地方符合手上這本書的主角，有些地方又不符合。無論是間宮同學讀的那本書，還是我手上這本書，主角都沒什麼清楚的特徵。她在讀書心得裡寫到最後對主角做的事感到驚訝，可是最重要的那到底是什麼事卻又沒寫出來。比方說，假如主角是個大惡人，或是高貴的公主，或是世界第一的名醫就好了，要是書中主角有這種簡單易懂的設定，我也不會找得這麼辛苦。沒辦法，只好從頭開始仔細讀了。雖然這麼想，才讀五分鐘左右就受不了了。老實說，除了痛苦還是痛苦。就算是為了逃避寫心得，要我讀小說仍是不可能的事。

正在煩躁時，忽然發現身邊站了個人。

是個女人，低頭俯瞰我攤在桌上的書。

「啊、不好意思喔！」她笑了。「因為妳的讀法實在太讓人匪夷所思了，我忍不住好奇。」

我內心七上八下地抬頭看這個人。是個不認識的老師，這麼年輕又漂亮，如果看過我一定不會忘記，但對她是一點印象也沒有。戴著大大的黑框眼鏡，和她小巧的臉很搭。衣著雖然樸素，但我知道，這個人化妝技巧自然又高明。

「這是鄉田老師出的作業吧？妳已經寫好心得報告了，為什麼要把四本書拿來對照著看？」

她皺起眉頭，窺視桌上的稿紙。一股好聞的香氣飄過來。

對了，我想起來了。女生之間都在傳，說圖書室裡來了個好相處的圖書管理員老師。沒記錯的話，嗯，應該是叫書籤老師——我只是聽她們說的，到底是書籤老師還是詩織老師[4]，我就不清楚了。

這下事情不妙，可不能被揭穿啊！

我不由得伸出一隻手，遮住皺巴巴的稿紙。

書籤老師手指在下巴上點了幾下，嘴上發出「唔唔」的聲音，歪頭沉吟。

「啊、我知道了。我知道了啦！」

接著，她像惡作劇的小孩一樣看著我。

「妳是不是想作弊？」

「咦、不、那個……」

「嗯——？」

眼鏡大大鏡片底下的眼睛直視我。不知為何，與其說是責備，那更像是碰巧共享了祕密的朋友閃閃發亮的眼神。

＊

敵不過書籤老師的眼力，我只好招了。

因為她太卑鄙了。被那雙大眼睛那樣盯著看，我怎麼可能說得出假話？這個人眼力未免太強了吧！眼睛大得連濾鏡都不必，還那樣鬼靈精怪閃閃發光的，要是拍

4 譯註：日語中「書籤」與「詩織」同音。

成影片上傳，肯定會有很多人追蹤，太卑鄙了。聽我說明了前因後果，書籤老師也沒生氣，反而咯咯笑了起來。我忍不住連跟艾路說的話都告訴她了。

「原來如此。妳那個朋友好厲害，竟然能想到這麼多。或許真的因為主角名字筆劃太多，而且不確定性別，所以才這樣寫的？好像推理小說喔！」

「是嗎？她的推理確實很厲害，但我們只是想弄清楚到底寫的是哪本書的感想，又沒發生什麼殺人事件。」

因為這個老師感覺太孩子氣了，我不由得用跟朋友講話的語氣跟她說話。就算這樣，書籤老師也沒生氣。

「推理小說裡面啊，也有只以和書名一樣的短文為線索，推理出背後隱藏事實的作品喔。要我說的話，妳們試圖從稿紙上的文章推理出寫的是哪本書的心得，這已經稱得上是推理了。現在的妳就存在推理的世界中呀。」

「什麼跟什麼啊！」我歪了歪頭。「可是，怎麼可能有連性別都不知道的主角。」

「那可不一定。有種手法叫做敘述性詭計，故意隱瞞讀者某些重要資訊，也有這種類型的推理小說。比方說，故意寫得讓讀者產生先入為主的錯覺，以為主角是男人，到結局才發現其實是女人。寫這種書的讀後心得時，為了不爆雷所以故意不寫性別——也是可以這麼推理吧？」
「咦？真的嗎？所以我們的推理是對的嗎？老師妳一定知道這篇報告寫的是哪本書吧？」
「呵呵，這是祕密。」
豎起食指，書籤老師笑著說。
我看這個老師，可能很愛欺負人。
「讀看看不就知道了嗎？妳為什麼不想讀呢？」
「什麼為什麼，因為很麻煩啊！」
「麻煩？」
「讀書就是件麻煩事。看影片輕鬆多了。寫讀書心得也很要命，根本不知道要寫什麼才好，故事沒讀進腦子，更何況本來我對那些書就沒興趣，都是些跟我的世界扯不上關係的書……對啊，真要說的話，寫讀書心得報告這種東西，到底對我的人生有什麼幫助？」
我忿忿不平地表達了不滿，書籤老師卻像個孩子似的嘟起嘴巴。
「欸欸欸，才沒這回事咧！讀書很好玩啊，寫讀書心得其實也是一件非常開心的事喔！」

「妳都亂講。」

「我才沒亂講。啊、不然這樣吧？我幫妳選一本很有趣的書，妳讀看看嘛！」

不是的吧？

為什麼事情突然變成這樣？

「我才不要給自己找麻煩……都已經非得寫老鄉出的功課不可了。」

「啊、不然這樣好了，只要妳讀了我選的書，我就告訴妳這篇心得報告寫的是哪本書。」

「咦——」

我想了一下，看著像小朋友一樣一臉興奮期待的老師。

「妳當真？」

「當真啊。」

「可是，這樣好嗎？妳是老師卻做這種……幫學生作弊的事。」

「呵呵呵。」書籤老師笑得若有所指。「我啊，嚴格來說不是老師耶！只是學校裡的圖書管理員，所以沒差。」

老師做出抬頭挺胸的姿勢，彷彿都要聽見「耶嘿」的效果音了。

「是一本很有意思的書喔！妳只要讀那本書，不但不用寫心得報告，更不用讀鄉田老師選的無聊書；對我來說，則是能夠讓妳了解閱讀的樂趣，可以說是雙贏。」

怎麼辦？

聽她把那本書說得這麼有趣，比起那些老鄉指定的無聊書，讀這本應該好多了吧？否則，繼續這樣下去，要找出間宮同學的心得文寫的是哪本書太困難了。就算只是跳著讀找線索，把四本都讀完的分量，說不定比只讀一本書還多。與其浪費精力做這種事，不如讀一本書籤老師說有趣的書，總覺得這樣好像比較划算。嗯，我感覺嗨起來了。

「好吧，可是一定要是真的有趣的書喔！」

我答應之後，書籤老師像個小孩終於獲得了大人買的玩具，整張臉都發亮了。

＊

把老師借我的書裝進書包，回到家。

光看封面或簡介，大概是講國中女生戀愛的小說……我猜。不是很確定，但擅自這麼判斷了。好吧，如果是戀愛小說我還有點興趣。網路電視臺的戀愛實境秀我也每集都有看，對這種題材很沒抵抗力。

打開昏暗客廳的電燈，回自己房間倒在床上打滾。提不起勁馬上來看書，一邊打滾一邊看影片打發時間。晚餐把昨天吃剩的披薩微波了吃。進入智慧型手機螢幕裡的世界，觀賞戀愛實境秀。因為是網路節目，如果不跟著看直播，就要等之後上傳才看得到。畫質有時很差，有時還會停格，也只能心癢難熬、小鹿亂撞地守候結局。啊啊，我真的很喜歡這種事。等我成為高中生，也會像她們那樣談戀愛嗎？想像了一下，嗯，應該不會吧。想是這麼想，萬一成為網紅，說不定還有機會。看完實境秀節目，秒傳訊息給艾路。因為她也有固定收看這節目，我想馬上跟她討論。可是，艾路的回覆很沒勁。

「抱歉我沒看。」

「真假，為何？」

「剛才跟媽媽一起看電視了。」

「看什麼呀？」

「搞笑藝人，森生艾爾華。」

她還自動自發地傳了直接拿手機拍電視螢幕的幾秒鐘影片過來。放出來看看，聲音破破的聽不清楚說什麼，焦距也沒對準，只知道好像是搞笑藝人在表演短劇。還聽到艾路和阿姨的笑聲。

好像很開心。

所以，雖然事到如今才發現，原來艾路也會看電視啊。在明亮的客廳裡，坐在沙發上，和阿姨一起看那大螢幕的電視，笑得東倒西歪。我已經很久沒有看電視的記憶了。我房間沒電視，在客廳裡看電視的話，又覺得空間實在太大了。

原本媽媽就不看電視，放在客廳裡的那個，現在只成了裝飾品。以前不是這樣的。爸爸還在的時候，我記得自己會坐在沙發上，夾在爸爸和媽媽中間。那是幾年前的事了啊？

總覺得，心裡有股說不出的煩亂。

和那時一樣，和大家一起嘲笑三崎同學時的心情很像。覺得胸口有什麼堵在那裡，想從喉嚨裡吐出來，卻無論如何也吐不出來。可能有什麼卡住了，但究竟是什麼我也不知道。

因為不知道是什麼，只能吞下去了。

過了一會兒，我把手機丟在一旁，躺在床上打滾。沒心情上網或看影片了，眼睛好累。

聽見鑰匙插入玄關門鎖的聲音。

我立刻起身。

「我回來了。」

是媽媽的聲音。

我走出房間，往玄關探頭。

媽媽正脫下她的高跟鞋。

「妳回來啦。」久違地聽見自己的聲音，有點嘶啞。「洗澡水已經加熱好了喔！」

「這樣啊。晚餐吃了嗎？」

「嗯。有幫妳留披薩。」

媽媽用疲憊的眼神看看我，直接朝客廳走去。手上拿著像白色信封的東西。只見她撕開信封，拿出裡面的東西看。我站在走廊上偷看，總覺得還不能跟她講話，只好保持沉默望向電視。艾路看的那個綜藝節目，不知道還在播嗎？媽媽會看那種節目嗎？我稍微想了一下。接著，我想起書籤老師說的那個，叫什麼來著，敘述詭計？如果有看推理小說的話，媽媽一定也知道這個吧？像是做了一個深呼吸，胸口漲滿了什麼。

然而，媽媽卻嘆了一大口氣。

「小茜，妳過來。」

「什麼事？」

媽媽瞪了我一眼。

怎麼了？我心頭一陣涼。

「手機上網的費用，怎麼又這麼貴了？這是怎麼回事？媽媽不是說過，要妳別老是看那些莫名其妙的影片嗎？」

媽媽手上拿的，原來是手機月租費的繳費通知單。

感覺就像氣球消氣了。

「可是……」

可是，沒辦法啊。

我們家沒人上網，所以沒有 Wi-Fi。

要是沒有手機的話，我……

「不准頂嘴！」

媽媽生氣怒吼。

「妳老是浪費錢去做那些無聊事，就不能稍微唸點書嗎！」

我想說什麼。

張開嘴巴，可是，嘴唇抖得厲害，什麼都說不出來。

有什麼梗在喉嚨，推擠著氣管想冒出來。可是我不知道那是什麼，令我心煩意亂的不知名元凶，像累積在體內的廢氣。我想說什麼。又不知道我想說什麼。和三崎同學那時一樣，只要一思考，腦袋就一團混亂，像要爆炸一樣。

「可是、我——」

我想說什麼？咬住嘴唇忍耐、咬緊牙根的同時，眼皮滾燙得彷彿快燒起來。感覺到什麼爬過臉頰，我放聲大喊：

「還不都是妳害的！囉唆的老太婆！」

一個轉身，跑回自己的房間，把自己關起來。

發出怪獸一般難聽的聲音，飛身撲上床。

*

「難怪整個週末音訊不通，請容我幫妳寫個慘字。」

星期一早晨。

擅自坐在我前面座位上的艾路會心點頭。

我整理書包裡的東西，把會用到的塞進抽屜。

媽媽沒收了我的手機。因為她連週末也要工作，把我的手機帶去上班了。做到這個地步，我也無計可施。所以，沒辦法和任何朋友聯絡，被迫過了一個無聊到極點的假日。真的是想寫個慘字。

「連上網都沒辦法，妳這兩天在幹嘛？當原始人喔？」

「我看書了。」

「指定書籍？」

「不是，但也沒別的事可做。」

就算想出門，剩下的零用錢又不夠多。除了關在房間裡看書籤老師借我的書，沒其他殺時間的方法。可是，對幾乎不看書的我來說，實在是真的很痛苦。不但同個段落得來回看上好幾遍，一旦闔起一次書本，要再打開就得費盡千辛萬苦，很難再次進入狀況。說真的，要不是因為沒有手機太無聊，我可能看不完。

沒錯，說來有點難以置信，我從頭到尾看完了一本書。

「妳看了什麼書？有趣嗎？」

「嗯、這個嘛……」

我不知道該怎麼回應，想了一下。

忽然察覺教室裡氣氛不對，回頭一看。

三崎同學剛走進教室。她緊抿著嘴巴，低下頭走路。大家遠遠圍觀這樣的她，發出竊笑的聲音。我身邊也傳出輕笑聲，抬眼一看，連艾路都在笑。

我盯著艾路看了半晌。

「幹嘛？」

艾路一頭霧水地說。

「呃……」

胸口又漲滿那種煩亂的心情了。被媽媽罵的時候，這種情緒不斷膨脹，感覺就像要爆炸。酸酸的，七上八下的，悶悶的，有點火大的感覺。我想跟艾路說什麼，又不知道該怎麼說她才會懂。結果還是沒能表達出來。

*

放學後，我去了圖書室。

得要書籤老師遵守承諾才行。探頭往裡面看，在櫃檯前找到上次那個不起眼的女生，正坐在那裡看書。那種又硬又厚的書，那女生看了不覺得痛苦嗎？實在想不通。還是說，她是家裡不給買智慧型手機的那種可憐小孩？要是我，沒手機一定會死掉。

「哎呀，小茜。」

抱著好幾本看似字典的書，書籤老師從書架後面探出頭來。那些書看起來好重。明明才第二次見面，她好像已經記住我的名字了。這個孩子氣的，超平易近人的老師。今天沒戴眼鏡。

「老師，那個，我看完了。」

「好厲害，看得很快嘛！覺得如何？」

「妳這樣問我也……唔——滿有感覺的。」

老師笑了。

接著她問，能幫我搬一下東西嗎？就把那堆看似字典的書塞給我。我又不是圖書股長，為什麼非幫忙做這種事不可啊？無法接受。老師從書架上抽出類似的書，自己抱著。我跟在老師身後，把書搬到櫃檯裡面那間叫職員室的地方。

職員室裡鋪著榻榻米。榻榻米這種東西，我只在爺爺家看過。學校裡居然有這樣的地方，感覺好不可思議。按照老師的指示，把書放在房間最邊邊。房間裡除了幾個裝了書的紙箱外，其他地方都整理得整齊乾淨。正中央還有張小矮桌。

「鞋子脫了，進來吧。」

老師這麼說，我就脫下校內鞋，踏上榻榻米。坐在老師遞過來的座墊上，老師則隔著矮桌坐在對面，規規矩矩地正座。

為什麼會被叫到這種地方來？我正在不解時，老師像看穿我的心情似的，露出壞壞的笑容。

「我可是在幫學生作弊，當然要在這裡密談才行。」

「妳的意思是願意告訴我囉？」

「在那之前，我想先聽聽小茜看了那本書的心得。」
「欸？」我做出抗拒的表情。「為什麼……」
「因為，妳不說的話，我怎麼知道小茜真的看了那本書呢？」
「我又不會說謊。」
「一個想偷用別人寫的讀書心得的人這麼說能相信嗎？」
被她這麼一講，我也無法反駁。
「可是，叫我說心得……我要說什麼才好？」
「書好看嗎？」
「嗯，還可以。只是老師說得好像超有趣，結果也沒妳說的那麼好看嘛！」
「是喔、是喔。」老師點頭，接著擺出一副遺憾的表情。「真可惜，是喔……」
那表情看起來好可憐，我忍不住說了些打圓場的話。
「沒有啦，也沒那麼糟。只是跟我原先想的有點不一樣，或許該說是失望吧。」
「怎樣不一樣呢？」
「我還以為是講女生戀愛的故事，結果只有其中一篇是，其他都是各種不一樣的故事了。」

「喔喔，原來如此。那本是短篇集嘛！小茜，妳喜歡關於戀愛的故事啊？」

「算是啦！比方說主角是男生的那篇，說真的我完全無感。還有在社團活動中努力的那篇，我又沒參加社團，感覺也是關我屁事。」

「這樣喔，說的也是。可是，第三篇講戀愛的故事就很棒對吧？酸酸甜甜的。」

「有酸酸甜甜嗎？嗯——」我偏著頭思考。「好吧，算是滿有感覺的。」

「有感覺是什麼感覺？心動的感覺，還是悲傷的感覺？」

「嗯——我想想喔，應該是有點悲傷、有點揪心那種。」

「妳自己也會想談那種戀愛嗎？」

「有想過一下，但是我不要悲傷路線的啦！要是我可能承受不住。」

「這樣啊，說的也是呢！嗯，我懂。」

就這樣，老師東問西問地問了我對每一篇短篇小說的感想。有點拗不過她，但是她對我說的每個感想一一表示贊同的樣子還滿好玩的。好幾次點頭說「對啊」，或是「對對對，老師也這麼想」，還從小矮桌後面激動得往前探出身體。「小茜說的沒錯，那個真的太扯了！」最後這麼抱怨故事的結局，兩個人笑成一團。

「那那那我問妳，最後一個短篇呢？那篇一定最感動了吧？」

「最後那篇……」

我張開嘴，卻感到心裡有什麼慢慢湧上來，又閉上嘴巴。

或許吧，那是個感人的故事。可是——

「不，我覺得不怎麼樣。」

感到心裡一陣煩亂，視線落在矮桌上。

「嗯？」

老師似乎有點不能理解。

「別說這個了，快告訴我正確答案吧！那篇心得報告，寫的是哪本書？」

「可以跟妳說沒關係。」

老師微微一笑，望著我。

雖然不是很明白為什麼，我覺得那眼神很溫柔。

「可是，其實小茜已經能寫出自己的讀書心得了不是嗎？」

「咦？」

我不太明白她的意思。

「像剛才那樣，覺得哪裡有趣，哪裡無聊。又或者，假設自己站在同樣立場會有什麼感覺之類的，直接把這些寫下來，就是一篇很棒的心得報告了喔！」

「呃……」

我思考著老師這番話的意思。

「不、咦？心得報告真的這樣寫就可以了嗎？」

「對啊。小茜原本期待看到戀愛小說，結果只有一篇是以戀愛為主題，為此感到失望。寫下這樣的心情，就是很棒的心得報告。因為小茜用自己的話，說出了自己的想法。」

「不、呃……可是，或許是這樣吧，可是好麻煩喔。已經沒時間了，現在才開始讀指定書籍來不及啦！」

「嗯？閱讀確實不是為了寫心得報告。腦子裡想著要寫怎樣的報告時，作品瞬間就會變得很無趣了。」

「是不是！這就是所謂本末倒置！」

「可是啊，老實說，小茜妳已經讀完一本指定書籍了唷！」

「咦？」

就是這本啊！

說著，書籤老師不知從哪裡拿出一本書，放在矮桌上。

毫無疑問，這是老鄉印在清單上的其中一本。

就是那之前，我來圖書室想對照內容時，借來的其中一本小本的書。

不不不，我完全不明白。

「我讀了這本？」

「我借小茜看的，是硬皮封面的書對吧？這部作品在出版文庫版本時改了書名，因為文庫版本比較有名，鄉田老師印在清單上的，也是文庫本的封面。」

「呃，這是怎麼回事？」

「單行本重新以文庫本形式出版時，偶爾會出現更改書名的情況。內容幾乎一樣，只有書名和封面設計不同，看上去就像兩部不同的作品。可是，既然內容完全一樣，就表示小茜已經讀完一本指定書籍，還跟老師分享了這麼多心得。剩下的，只要把妳跟我說的那些，用條列式的方法整理成文章就好囉！」

我腦袋有點混亂了。

什麼意思？

「難不成，我被騙了？」

「呵呵呵。」老師笑得像惡作劇的小孩。「要是知道這是指定書籍，讀的時候一定會想著要寫什麼樣的心得，內容就讀不進腦袋了吧？與其那樣，不如推薦妳讀一本有趣的書，妳就能什麼也不想，單純享受閱讀的樂趣啦！」

終於理解她的意思，我也有點忍不住笑出來。

「我可以告訴妳那篇讀書心得寫的是哪本書喔！所以，看是要交出自己寫的心得，還是作弊用別人的，就看小茜自己怎麼決定了。只是啊——」

老師拿出好幾張紙，放在矮桌上。

是稿紙。

空白的稿紙。

「之前小茜說過，寫讀書心得是跟自己的世界無關的事，我想，或許不能那麼說喔。小茜啊，妳有沒有遇過心情煩煩亂亂，卻沒辦法說明清楚的時候？」

老師好像偷看到我內心似的，露出溫柔微笑。

「老師也有很多這種經驗。沒辦法好好整理自己的感覺，也會有連自己都搞不清楚自己的時候，所以，也沒辦法訴說給誰聽。這種時候，就在筆記本上寫下自己的心情。」

「寫在筆記本……？」

「對，說來不可思議，一旦試圖把自己的心情寫下來，就能把自己的心整理好了呢。寫著寫著，自己感覺到的事物或原本混亂的思考，會漸漸理出頭緒。就跟寫讀書心得一樣。心情整理好之後，就能看清楚那團煩煩亂亂的東西到底是什麼，也就能好好向別人表達了。這是一種練習。」

「可是……我懂的詞彙太少，寫不出來的啦！」

「用小茜妳自己的話去寫就可以了喔。小茜感受到的心情，是只屬於小茜的東西。只把那個收在自己心底，豈不是太可惜了？說不定有很多美麗的言語和情感沉睡在那裡面，把那化作有形的文字，有時會是一種自我新發現，有時說不定還能對誰造成影響。如果把這份心情就這樣揣在自己心裡，真的太可惜了。這些稿紙，就是能讓小茜的心具體展現出來的魔法紙張。」

我聽著書籤老師溫柔的語氣，盯著她用指頭撫摸的空白稿紙。把自己的心具體展現出來的稿紙，這是整理自己也搞不懂的心情並寫下來的地方。真的會像她說的那樣嗎？做這種事真的有意義嗎？我不知道，煩亂的東西又漲滿胸口了。

看我默不吭聲，老師說：

「可是，對了，剛才小茜說不喜歡最後的短篇？」

老師有點無法理解的樣子。

我張開嘴巴。

手在大腿上握起拳頭，握得緊緊的。

「因為那個故事……」

讓我很煩躁，很不爽。

太痛苦了，我發出近乎嗚咽的聲音。

懂得詞彙太少，沒辦法好好表達。

根本表達得一點也不好。

「主角……那個女生，跟她媽媽感情很好……」

為什麼呢？或許因為手指顫抖的關係，說的話也像太用力而折斷的自動鉛筆芯，就此中斷。說不清楚。自己也搞不懂。整理不好。老師靜靜點頭。我喀嚓喀嚓按著自動鉛筆，按出想說的話。臉頰發燙。

「和我完全不一樣，所以——」

老師，妳懂嗎？

我不懂啦。

我懂的詞彙太少，自己的心情又這麼雜亂，所以。

為什麼眼眶這麼熱？

「這樣啊。」

老師點點頭。

有什麼滴在老師遞給我的稿紙上，暈染了一大塊。

「抱歉，妳一定很難受吧！」

我點點頭。

接著心想，啊、對啊，原來是這樣。

「老師好想讀看看小茜寫的心得報告喔！想理解小茜的心情。」

溫柔的聲音，聽得我心都揪緊了。終於明白那種情緒的真面目。感受著滑過臉頰的溫熱，緊咬嘴脣。指甲摳進掌心，好痛。為了隱藏不中用的表情，我拚命低下頭，結果發出難聽的嗚咽。透明的印記像是想填滿稿紙，一滴又一滴落下。

大概、一定是這樣吧。

我，一直一直都覺得好寂寞。

自動鉛筆的筆芯用光了。

＊

拍掉橡皮擦屑，因為擦得太用力，稿紙表面都有點起毛了。用面紙包起橡皮擦屑，丟進垃圾桶。接著，為自動鉛筆裝一支新的筆芯。

寫文章這件事，果然還是很麻煩。總覺得花的時間比用手機打字多了幾十倍。就算這樣，我還是說服自己，畢竟都跟老師約好了。一如往常，我懂的詞彙太少，還夾雜年輕人講話的口語，這種文章老鄉看了說不定會生氣。可是，書籤老師或許看得懂。我條列式地拼湊出文筆很差的文章，寫下跟書籤老師說的那些讀後感想，慢慢填滿了稿紙。還有，提到最後那篇短篇時，我寫了關於媽媽的事。她總是太忙不在家，最後一次陪我玩都不知道是幾年前的事了，所以我很羨慕書中的主角。

不知不覺中，連和故事內容無關的心情都寫進去了。

可是，就算和作業無關，也不能把這個丟進垃圾桶。

我不想把這些心情當作不曾存在。

自動鉛筆寫到了第三張稿紙時，玄關傳來聲響。

我慢慢起身，走出房間。

剛回到家的媽媽正在脫高跟鞋。

「妳回來啦。」

我對媽媽說。

媽媽露出疲憊的眼神，一看到我，就疑惑地皺起眉頭。

「怎麼了，怎麼這個表情？」

媽媽能理解嗎？

能讓她理解嗎？

沒問題，總覺得我已經稍微整理好自己的心情了。

想說的話很多，想讓她知道的事情很多。例如剛讀完的小說，例如圖書室裡有個孩子氣的老師。也想跟她聊聊艾路的事，還有，教室裡有個格格不入的女生很可憐的事。對了，偶爾也想吃吃披薩以外的東西，還有、還有——

「那個啊，媽，我跟妳說喔……」

書頭布開花時

為什麼戀愛會這麼痛呢？

每次一想到他，體內深處都會陷入一種痠麻的感覺。令人難受的震動通過心臟傳遞到手臂，連指尖都像觸電一般隱隱刺痛。

為了從這種窒息般的痛苦中解脫，我總是在嘆氣。就算這樣，這顆心卻也沒有一次得救過。

他的笑容，為什麼那麼耀眼？

他的聲音，為什麼那麼溫柔？

他的臉頰——他的頭髮——我都好想觸碰。

放學後，我一如往常坐在圖書室櫃檯內，一邊盯著智慧型手機畫面，一邊深深嘆息。

於是，就被正好從旁邊經過的書籤老師看見了。

「妳怎麼啦？一副在為戀愛煩惱的樣子。」

溫柔微笑的書籤老師永遠這麼敏銳。

「才不是呢！」

我急忙消除智慧型手機畫面，螢幕朝下放，笑著反駁她說的話。

「這樣啊，真可惜。」

不懂老師在可惜什麼，但她露出孩子氣的表情笑了。接著，用食指敲敲下巴。這是她在思考事情時的習慣動作，有時看上去漂亮得像幅畫，這點還真令人羨慕。

「如果是戀愛方面的煩惱，不管什麼老師都會保密，可以來找我商量喔！」

話是這麼說，但老師一定無法理解吧？

目送她走進職員室，我才解鎖智慧型手機螢幕，視線重新落在畫面上。

這份心情，要是能對誰說的話，肯定會輕鬆許多。

然而，我不認為有誰能夠理解，唯一能理解的人又已經離我而去。事到如今，我不覺得還會出現理解我的人了。

為什麼人無法選擇自己喜歡的對象呢？

像在咖啡店裡點喜歡的蛋糕口味一樣，指著菜單向神明祈求，請祂讓我照自己的希望談一場戀愛，如果可以這樣該有多好。

我懷抱的戀愛煩惱，有一個很大的問題。

因為，我最愛的他，無法從手機螢幕裡出來。

真要說的話，他連住的次元都跟我不一樣。

*

「這張集點卡送給萌香。」

升上二年級過了幾天，某日放學後。

我在傍晚的圖書室櫃檯值班，好久不見的優奈來了，將一張藍色卡片從檯面上滑給我。

那是我們常一起去的動漫商品店的集點卡。

一邊思考她這個動作代表什麼意思，我抬頭看向優奈。

優奈是我從小學到現在的朋友，也是志同道合的夥伴。

我們喜歡一樣的漫畫，愛讀同一本小說，欣賞同一部動畫，經常一起聊同一個聲優的話題。

還有，我們喜歡上同一個人。

凜堂蓮。

他和我們住在不同次元，這點雖然令人哀傷，但我和志同道合的優奈仍經常談論與他有關的事。一起追原著漫畫，一出新的立刻去買，還在我家一起看凜堂蓮大顯身手的動畫。買下以他笑容做成的周邊商品彼此炫耀，抽卡時還一起踩雷自爆。在優奈的拜託下，我還寫出了以凜堂為主角的二次創作同人幻想小說。

然而——

現在卻——

「咦？等一下，怎麼回事？」

「抱歉，我喜歡上別人了。」

我們的對話簡直就像正在談分手的情侶。

可是說不定，這個比喻雖不中亦不遠。

「呃、喜歡的人……咦？哪個動畫，還是漫畫？手遊角色？」

「不是，是三次元。」

說著，優奈露出羞赧的笑容對我坦白。

我愣了好一會兒，只能盯著她看。

上國中後，我和優奈分到不同班。因為這個緣故，彼此隸屬的小圈圈也不一樣了，和以前相比，講話機會減少許多。雖然還是持續有在傳訊息，最近就算我提起凜堂的話題，優奈也只回覆貼圖，感覺很冷淡，話題持續不下去的情形變多了。不只如此，上個月，她竟然還說出正在播出的最新一季動畫最新一集還沒看的那種話。

「是……偶像明星？」

我好不容易擠出聲音這麼問，優奈害羞地搖了搖頭。

接著，她別開視線，搔著臉頰用講悄悄話的音量說：

「同班的男生……呃，別再問更多了啦！」

我嚇傻了。

自以為一直有注意到優奈的改變。

碰巧在走廊上看到她時，有發現髮型不一樣了。優奈原本五官就可愛，現在好像對穿衣打扮忽然覺醒似的，整個人更漂亮起來。我還以為那是新朋友對她造成的影響。上國中後，優奈和一群整天情緒高昂、聒噪不已的女生走得很近，我一直以為變漂亮也是因為這緣故。

可是，原來我的推測是錯的。

「欸、什麼……那，偶像對妳來說已經不重要了嗎？」

「也不是這樣……只是那樣的女生，不太受男生歡迎吧？」

優奈表情一沉。

「所以，這張卡就託付給萌香妳了。」

抱歉喔。低頭留下這句話，優奈離開了圖書室。

我懷著錯愕的心情，凝視圖書室的出入口許久。

要是換成彼此喜歡的都是三次元且近在身邊的男生，我或許該為少了一個情敵感到開心。可是，我們喜歡的那個他，在這點上和普通人有致命的不同。不但情敵多到數不清，妄想高攀他更是愚蠢可笑的事。

畢竟，能和他交往的人，在這世界上不可能存在。

我的戀情，打從一開始就伴隨註定無法開花結果的命運。

或許因為如此，我才希望至少有個抱持相同心意的同好。

過了一會兒，另一個離開位子去上廁所的圖書股長回來了。她一看到我就露出詫異的表情。我跟這個佐竹同學沒說過太多話，趕緊低垂視線。

剛才，她在我臉上看到的又是什麼樣的表情呢？

＊

優奈喜歡的對象，好像是二年C班一個叫瀨谷陸斗的男生。

他個子高，對女生溫柔，個性又爽朗。不只如此，才剛升上二年級就成為籃球隊的王牌球員，在球場上大顯身手。人物設定簡直跟漫畫裡的角色沒兩樣，我也時常聽聞有關他的傳說，有時在教室，有時在廁所裡，有時在圖書室，到處都有人在談論他。優奈並未親口告訴我自己喜歡的人是他，是我自己聽見別人聊八卦時得知的。聽起來，這個瀨谷同學很受那群光鮮亮麗女生的歡迎。好幾個人在背後嘲諷優奈，說她接近瀨谷的行為太囂張，也有人說她自不量力。

黃金週假期來臨前，我和優奈互傳訊息的次數已經少到了極點。因為她對凜堂不再感興趣，無論我如何熱烈轉達他在最新一期漫畫裡活躍的模樣，對話都持續不下去。另一方面，我也完全不知道該如何回覆優奈傳來的訊息。比方說，她會問我下課時間拿什麼話題找男生搭訕才聊得起來，或說她們家黃金週要去旅行，伴手禮買什麼才會討男生喜歡。就算問我，那些事我根本就不懂。因為三次元和二次元差太多了啊！我怎麼可能知道那種事？然而，看到優奈單純地找我商量這些，只能談扭曲戀愛的我內心就像被針刺傷。每次回訊息給她，我心裡真正寫下的句子卻是「幹嘛不早點放棄」。戀情這種東西是不可能實現的，更何況是前不久還在沉迷二次元的妳，怎麼可能跟人家談什麼真正的戀愛。

只不過是失去一個一起談論凜堂的朋友，國二的生活對我來說就變得枯燥無味了。喜歡凜堂的事，我不曾對班上同學或其他圖書股長朋友說，因為我不知道她們會有什麼反應。

拋下只能獨自懷抱如此痛苦心情的我，優奈一個人飛走了。本來以為她應該馬上就會回來，優奈卻總是在走廊上笑得好開心，裙襬飛揚，那張愈來愈可愛的笑臉也充滿光彩。好幾次，我在走廊上看到她跟男生親暱聊天。那個身材修長、長相清秀的男生，一定就是她現在著迷的瀨谷同學吧？站在他身邊的優奈，滑順的髮絲在陽光耀眼的照射下，看起來閃閃動人。

瀨谷同學就能活在這個世界，為什麼凜堂不行呢？

為什麼只有優奈得以脫離這個地獄呢？

放學後，無人的圖書室裡，我坐在櫃檯內，打開筆記本振筆疾書。從以前我就喜歡寫東西。讀書心得報告對我來說只是小意思，小學的時候，誇獎我有文采的人就是優奈。或許因為這樣，我才寫了覺得給別人看有點丟臉的小說。只不過，現在已經沒有人會來讀這些小說了。即使如此，每次抓到時間獨處，我還是會將自己腦中的幻想一點一滴寫下來。

如果是在幻想世界中，我就能見到凜堂了。

他的笑容近在眼前。

他甜蜜低喃的聲音就在耳邊。

萌香，妳怎麼了？今天怎麼看起來有點寂寞……

「在寫小說？」

「什……麼，不是！」

忽然冒出來的聲音，把我嚇得發出怪叫，也將我拉回現實。

不知何時站在櫃檯外的書籤老師，正低下頭，把下垂的髮絲塞到耳後，打算窺視我的筆記本。

「不是的！」我急忙闔上筆記本。感覺到自己臉頰發燙，以幾乎要噴出口水的氣勢朝書籤老師發出抗議：「請、請不要隨便偷看！這、這是鄉田老師出的功課！是讀書心得報告！」

「抱歉抱歉。」

書籤老師笑著說。

「可是，妳怎麼會用筆記本，不是要寫在稿紙上嗎？」

書籤老師狐疑挑眉，這個人果然還是那麼敏銳。

「我、我只是想先試寫一下看看而已。」我慌了手腳，急忙抓出別的話題混淆視聽。「對了，那個指定書籍啊，我們班拿到的清單裡面，我已經先讀完三本了喔。那個，是書籤老師選的書吧？」

「哇，已經讀了三本？真不愧是愛閱讀的間宮同學。」

老師睜圓了眼睛這麼說。只要繼續這個話題，應該可以成功轉移她的注意力。沒錯。這件事本來午休時就想跟書籤老師說了，可是最近午餐時間她經常不在圖書室，就一直沒找到機會說。

鄉田老師是位惡名昭彰的嚴格的國文老師，因為他總在課堂上要求學生從指定書籍中選一本書來讀，還要我們寫讀書心得報告。不過，他似乎也發現想讓學生主動閱讀，至少要選些有趣又簡單易懂的書，好像因為這樣，鄉田老師請書籤老師推薦了幾本。書籤老師不會選難看的書，我已經讀了指定書籍裡的三本，每一本都很有意思，肯定是書籤老師選的書。聽說，為了讓所有學生們都借得到書，還特地挑選市內圖書館都有大量複本館藏的書目。即使如此，所有人同時來借的話，數量還是不夠多，所以每個班級拿到的指定書籍清單不一樣，交作業的時間也會錯開。上星期，我才剛幫書籤老師分類整理從圖書館送來的大量紙箱。

「那，妳已經決定好要寫哪本書了嗎？」

「嗯，算是吧。有兩本在考慮，我想從中選一本。」

一開始挑上的那一本，後來發現心得報告不太好寫。因為那本書裡運用了敘述性詭計，為了不在心得報告裡爆雷，不得不用拐彎抹角的寫法。不過一般學生可能根本不會介意這種事，想寫什麼就寫了吧？但是，我在這種地方就是很堅持。會挑這麼小眾的書當指定書籍的，也只有熱愛推理小說的書籤老師了。

「老是讓妳顧櫃檯，不好意思噢！」書籤老師笑著說。「已經四點多了，想回家的話可以回去了喔。」

「好的，我準備回去了。」

走回職員室途中，書籤老師又回頭笑著說：

「間宮同學很有文采，小說一定能寫得好。」

「我都說不是了。」

或許還是被她看見了吧？

收拾書包，逃也似的快步走過走廊。

文采嗎？雖然只寫過二創同人小說，也不知道寫得到底怎麼樣，以小說家為目標好像不錯。成為暢銷作家的話，就能繼續為自己寫凜堂的故事，只要偶爾工作就好。我最尊敬的女作家，也是差不多在我這個年紀出道的，說不定我也有機會……

回家前先去上廁所，待在廁所裡天馬行空幻想了一下，忽然聽見幾個女生吱吱喳喳的開始聊起天來了。她們的聲音我有印象，是跟我同班的女生。聽起來只有兩個人。

「小圓好像超火大的耶！」

「對啊，一定是為了陸斗的事吧！」

「發生什麼事了？」

「不是啦，聽說優奈好像決定要跟陸斗告白，事情不知為何傳進小圓耳裡了。」

「真假！」

「別看小圓那樣，她可是從小學就暗戀陸斗到現在，很專情的。一知道要被優奈搶先，她都快抓狂了。」

「真假，她是小學生嗎？搞什麼暗戀啊，不像她的風格吧！被搶先就火大的話，幹嘛不自己快去告白。」
「我超同意妳，可是小茜，妳說這話要小心喔！要是小圓知道妳幫優奈說話，難保不會變成三崎同學那樣……」
「呃、啊……嗯，對喔……」
那兩人壓低聲音對話，走出廁所了。
剛才那番話是什麼意思？
小圓應該是指班上的星野圓吧？這是我在班上所有同學中，最不擅長應付的人的名字。
簡單來說，星野同學就是那種女王型的女生，別說在班上，在整個學年裡都稱得上金字塔頂端級的人物。成績好又有行動力，總是率先扮演帶領班上同學的角色，老師們對她評價也很高。人長得美又可愛，聽說還是某本雜誌的讀者模特兒，無論在男生群裡還是女生群裡都很吃得開。如果光是這樣，她或許會成為大家崇拜的對象，可是事實是，這個人本性很陰險。一旦惹她不開心，讓她在教室裡帶風向，自己會有什麼下場都不知道。
實際上，從快放黃金週假期那陣子開始，原本隸屬星野同學她們小圈圈一個叫三崎的女生就壯烈犧牲了。我是不清楚到底發生了什麼事，只是教室裡的大家開始把她當空氣，有時還會嘲笑她。雖然同情三崎同學，可是就算是和星野同學一點交流都沒有的我，一旦違背她的意思，下次就換我成為被霸凌的對象了。

剛才那兩人的談話中，出現了星野同學、瀨谷同學和優奈的名字。

星野同學一直暗戀瀨谷同學，優奈卻半路殺出來接近瀨谷同學，甚至還決定要告白了。應該是這麼回事吧？優奈或許會從星野同學手中搶走瀨谷同學，這麼一來，女王大人憤怒的矛頭很可能就會轉向優奈……

優奈到底知不知道事態的嚴重性啊！

說不定三崎同學的悲慘事蹟還沒傳到優奈她們班，說不定她以為星野同學只是個普通的可愛女生而已。怎麼辦？該告訴優奈嗎？該勸她應該放棄瀨谷同學嗎？

明明是優奈先背叛我，跑到離我那麼遠的地方——

這點程度的報應，或許該讓她承受才對。我帶著可怕的心情，聽自己醜陋內心發出慫恿的聲音。

＊

夏天來臨前的某個星期六。

這天是凜堂最新周邊商品的發售日，我打算出門搭電車去動漫商品店。以往這種時候，都有優奈和我一起去，現在只剩下我一個人了。優奈把自己的集點卡放在我這，這就表示她已經下定決心不再去動漫商品店，也不買周邊商品了。

對她而言，凜堂已經變成可有可無的存在。可是，曾經喜歡過的人，為什麼能這樣輕易忘得一乾二淨呢？瀨谷同學真的那麼帥嗎？比凜堂更溫柔，聲音比凜堂更甜蜜嗎？

懷著悶悶不樂的心情，我朝車站走去。陽光很烈，幾乎到了灼燒皮膚的地步。學校制服已經換季，再過不久就要放暑假了。

「萌香。」

聽到聲音，我轉過頭。

回頭之後，愣了好一會兒。

說不定還連嘴巴都傻呼呼地張開了。

因為從後面跑來的人是優奈。

感覺好久沒看到她穿便服的樣子。但是，今天的她和我知道的她散發完全不同氛圍。明明還只是個國中生，打扮得卻有點浮誇，像高中生那樣帶點成熟大人感，快要可以媲美少女雜誌裡的模特兒了。頭上的醒目黃色髮帶特別吸睛，不過她五官可愛，倒是莫名適合戴這個。要是像我這種人戴了，一定只會很突兀。

我眨著眼睛，等優奈跑過來。她半彎著身體，手放在大腿上喘氣。髮帶上的蝴蝶結微微晃動。

「優奈。」

「萌香，妳要去車站吧？」

我按捺不住內心的激動，用幾近哽咽的語氣說：

「優奈也是要去買凜堂的——」

「喔喔，妳說新周邊嗎？」

優奈笑著擺擺手。

那手勢就像要把我脫口而出的喜悅拍掉一樣。

「我是要出去玩啦！半途為止跟妳同路線，想說既然要搭電車就一起搭。」

「這……樣啊。」

我們並肩走向車站。過去在同一條路上聊過那麼多關於凜堂的事，也曾笑著聊其他動漫內容和角色，今天彼此的共通點卻只有沉默而已。好幾次抬頭偷看優奈的側臉，優奈馬上察覺我的視線，給了我一個笑容。她的眼睛看起來和原本的感覺有點不同，好像有點亮晶晶的。我猜她應該化了妝。我從來沒做過這種事，不只因為還是國中生的關係，就算上了高中，我也絲毫無法想像自己這麼做。

「妳化妝了嗎？」

「啊、嗯。」優奈羞澀點頭。「好看嗎？」

或許好看，但這不是國中生該做的事吧。

「妳去哪裡學到這種事的？」

「艾路教我的喔！她很會擦指甲油呢。」

「艾路？」

「咦？她不是跟萌香妳同班嗎？」

這麼說來，班上好像有個同學叫這綽號。

「我一年級時跟艾路同班過喔！」

「這樣啊……」

原來，優奈早就有這樣的朋友了。

忽然覺得，她離我好遠。之前也曾想過優奈要丟下我遠走他方了，可都沒有今天感覺這麼真切。說不定，優奈早在好久以前就住在跟我不同的世界裡。

只有我一個人，一直在原地懷抱著我扭曲的戀情。

我們無言通過驗票口，走上月臺。

也沒人先提議要這麼做，兩人就同時在長椅上並肩坐下來了。

下一班電車還要等一段時間才會來。

呼吸為什麼這麼困難？話題為什麼都想不出來？

我們明明一直都是朋友，現在卻連聊天都聊不起來。

我看了優奈一眼。她察覺我的視線笑了，和剛才一樣。接著，我將視線移到她的髮帶，想找點什麼來說。

「那個髮帶……」

「啊，這個嗎？」優奈伸手摸頭。「這叫箍式髮帶喔。」

「箍式髮帶？」

和髮箍有什麼不一樣？對這詞彙感到陌生，我忽然覺得丟臉，低垂視線。

本來應該接著說「很適合妳」或「好可愛喔」，我卻在這裡打住。

「我喜歡的那個人啊——」

優奈語帶羞赧地說。

好像在揭曉什麼天大的祕密似的。

「說他喜歡戴這種髮飾的女生。」

或許她是想與我分享祕密，我也應該對此感到開心才對。可是，這句話卻像用指甲抓傷了我的心。優奈今天的指甲是帶有光澤的粉紅色，修成漂亮的形狀。

我心想，她已經像個大人了，活在我這種人高攀不上的陽光下，成為了擁有資格談普通戀愛的女生。

「妳說的，是那個叫瀨谷的男生嗎？」

我這麼問。優奈有點吃驚，睜大了眼睛。

接著，她露出幸福的笑容點頭。

以前提到凜堂時，她從來沒展現過這種笑容。

「妳喜歡他什麼地方啊？」

「個性溫柔，還有，笑起來臉皺成一團，像一隻小狗。」

真正的戀愛到底有什麼好？

如果真的那麼好，是不是表示我的戀愛就低人一等？

明明我也是愛得這麼痛苦，這麼哀傷，優奈的存在卻像當著我的面告訴我，自己珍視的東西只是仿冒品。

一陣短暫沉默後，我說：

「妳最好還是放棄瀨谷同學吧。」

感覺得出優奈倒抽了一口氣。

她轉向我，眼睛用力眨了幾下。

「為什麼……？」

為什麼？

我思考著應該告訴她的理由。

也思考著我要告訴她這種事的理由。

因為擔心星野同學對她不利？因為怕她落得跟我們班三崎同學一樣的下場？可是，這是真正的理由嗎？只有這個理由嗎？總覺得，我內心不斷膨脹，按捺不住的心情並不只是這樣而已。

還是放棄比較好。

不管對象是誰都一樣，跟星野同學也無關，總之妳就是放棄比較好。

因為，談什麼真正的戀愛啊……

怎麼只有妳可以談，太不公平了吧。

「總而言之……不要這樣啦，那種事不適合優奈。」

「為什麼要說這麼過分的話？」

我看見優奈的大眼睛裡，慢慢出現新的光芒。

那光芒輕輕顫動。

「因為……」

我什麼都說不出口。

反而是優奈先說了。

「我不想對萌香說謊，所以就先告訴妳吧！」

臉上帶著心意已決的表情，她整個人都轉向我這邊。

我心想。不要。

我什麼都不想聽。

「其實，我已經和瀨谷同學在交往了。」

這句話，讓我感覺自己的存在受到責備，也彷彿自己被推開。

「今天我們也是要去約會喔！瀨谷同學是很溫柔體貼的人，所以，請妳不要說那種話。」

「既然如此，那凜堂——」

「因為……不能總是逃避現實啊！」

我的臉轟然發燙，產生一股想大叫的衝動。

「什麼意思！」我這麼說。莫名所以的，只是想保護自己，脫口而出一連串防禦的言詞。「優奈覺得那種人比較好嗎？比起凜堂，那種人更好嗎？妳喜歡凜堂的心情，是可以這樣隨意變心的嗎？沒辦法持續到天長地久嗎？既然會對凜堂厭倦，總有一天妳也會厭倦瀨谷同學的！優奈的喜歡就只是這種程度嗎！」

不是。不是這樣的。

這不是我想表達的心情，不是我真正的想法。

「為什麼要說那種話——」

「什麼臉像小狗，凜堂比他帥多了吧！這麼喜歡狗的話，怎麼不去對狗發情！」

我站起來大叫。電車滑進月臺。優奈大眼睛裡閃著淚光，呼應進站電車似的站起來瞪我。

「萌香才是，到底要在虛假的戀愛裡逃避現實到什麼時候！那種嗜好只會讓人覺得噁心吧！」

什麼嘛，說那種話。

說那種話。

可是，我完全無法反駁。只能咬緊牙根轉身，跑過月臺，爬上樓梯，逃出驗票口。優奈什麼都沒說，也沒追過來。想從驗票口出去時，車票無法通過，必須請站務人員幫忙的我，覺得自己好悽慘好可笑。

＊

早就知道了。

我的戀情是個仿冒品，看在旁人眼中不過是逃避現實，只是一種噁心的嗜好。

然而，事到如今我已無法捨棄這份心情。

就像被詛咒一樣。

可是，這樣也沒關係。因為，也沒辦法了不是嗎？

為了安慰悽慘的自己，我只想著凜堂，每天過怠惰的日子。

即使是一點都提不起勁去學校的早晨，只要想想凜堂，我就能稍微往前看。早上，強忍呵欠走下樓梯，看到凜堂站在廚房裡幫我做法式吐司。他爽朗笑著道早安，我紅著臉慌張整理睡得亂翹的頭髮。因為父母出國工作不在家，升上高中後，基於種種原因我和青梅竹馬的他同住一個屋簷下。把我當妹妹的凜堂老愛說些逗弄我的話，把我逗得氣鼓鼓的。我們一起出門上學，就讀的當然是同一所學校。上了高中的我留著一頭美麗長髮，成為適合戴箍式髮帶的開朗女生。我和他肩並著肩，笑著聊些無關緊要的小事。凜堂有個喜歡蒐集青蛙模型的奇怪興趣，一講起青蛙就會變得很激動，我表面上對他的青蛙愛嗤之以鼻，內心卻忍不住莞爾。到了學校，我們必須表現得有點生疏。因為住在同一個屋簷下的事是個祕密，連對朋友們都隱瞞不提。只不過，有些敏感的朋友好像還是發現了，只要我倆為了無聊小事爭吵，他們就會起鬨說這是「夫妻吵架」。我和凜堂都羞紅了臉，幾乎同時大聲否認。課堂上，我一邊左耳進右耳出的聽著老師廢話，一邊不經意觀察坐在窗邊的他凝望藍天的憂鬱側臉。

現在也是。

在無趣的課堂上強忍呵欠，望向窗邊那個空著的座位。本該坐在那裡的女生今天請假沒來。那是三崎同學的位子，她今天不知道怎麼樣了。說不定是終於受不了星野同學的霸凌，再也不來學校了。我想像凜堂坐上那個空位的樣子。個性開朗、爽快又充滿正義感的他，一定會想辦法阻止星野同學的蠻橫惡行。

問題是，他根本不存在於現實中。

走在走廊上。

故意不去看和瀨谷同學笑著走在一起的優奈，我幻想著走在自己身邊的那個男生。怎麼啦？萌香，今天好像無精打采的，沒事吧？我抬起頭笑著說，我沒事，沒事啦……在他的社團活動結束前，我都會在圖書室閱讀文學作品打發時間。約定時間一到，就在校門口會合再一起回家。接著，兩人一起去買晚餐食材，又為了點小事爭吵。不過，先道歉的人總是凜堂，他說為了表示歉意，今天要做好吃的東西給我吃。看到他一臉認真站在廚房備菜，我才帶著小鹿亂撞的心情去洗澡。然後、然後……

為什麼呢？

我怎麼會在浴室裡哭了呢？

「萌香，妳怎麼洗這麼久，沒事吧？」

媽媽站在浴室外的洗臉檯旁出聲喊我。急忙擦拭眼角，我用沙啞的聲音回答「沒事」。然後，盯著浴室裡起霧的鏡子，為了振作精神咬緊嘴唇。

洗完澡，跟家人道過晚安後，我把自己關在房間。

躺在床上，凝視被我設定為手機桌布的凜堂。

為什麼你不是這個世界的人？

為什麼優奈就能喜歡上這個世界的人？

為什麼，只有我這樣？

為什麼我會喜歡上你？

第一次認識你的時候，

要是胸口沒有那樣悸動就好了。

絕望彷彿要撕裂我的心。

為了不讓樓下的家人聽見，我把臉埋在枕頭裡，不斷哭泣。

＊

原本吵吵鬧鬧的圖書室，慢慢恢復了寧靜。

今天雖然不是輪到我值班，因為不想馬上回家，就坐在櫃檯裡看小說。連小說也看膩了，我托著下巴，下意識地觀察起圖書室內的景色。

「小凜，幫我搬一下這個好嗎？」

要圖書室裡的大家保持安靜，書籤老師自己卻大剌剌地喊著。被她叫到的圖書股長接過書籤老師抱在懷裡的書。我和她沒說過幾次話，但知道她名字裡有和凜堂一樣的字，光是這樣就令我莫名羨慕不已。

正值梅雨時節的關係，雨不知何時下了起來。

我依然托著下巴，看著雨點淅淅瀝瀝打在玻璃窗上的樣子發呆。

那之後，我又聽說優奈和瀨谷同學分手的消息。

不知道詳細情形，但也曾遠遠看到優奈在走廊一角，哭得眼睛又紅又腫。

我什麼都沒說。

只是，「看吧，果然被我說中了」，這種確信自己贏了的心情，讓我覺得自己很低級。

自從和優奈在月臺上吵架分開後，我們就沒再說過話。即使偶爾遇見，她臉上的笑容也會瞬間消失，用判若兩人的目光看我。這種狀況今後或許還會繼續下去。那個戴著可愛髮飾、展現開朗笑容的女孩已經哪裡都找不到了。

不知不覺，圖書室內冷清起來，這才發現除了我之外，其他同學和圖書股長都回家了。留下來的只有書籤老師，正面對放在櫃檯內的電腦操作著什麼。這時，她忽然停下來看我。

「已經很晚了，間宮同學不要緊嗎？」

「我沒關係。雨應該快停了，我想待到雨停再回去。」

「這樣啊。」

「找本書來看好了。」

我站起來，打算去書架找找。

接著，還書檯上的一本單行本吸引了我的視線。

走過去，沒想太多就拿起來看封面。

不起眼的標題與封面，連寫在上面的內容簡介都平凡無奇。看起來實在不像暢銷書。即使如此，我仍對這本書感興趣，原因有兩點。第一，我最尊敬的作家曾將這本書列舉為她的愛書之一。另外一點，是因為上次我看到三崎同學借了這本書。

「啊、間宮同學，妳的雷達掃到這本書了嗎？」

大概是肩頸僵硬了吧，書籤老師轉動手臂，朝這邊走來。

「沒有，只是隨手拿起來看看。」

「這本書很棒喔！」

我將手上的書翻到正面，察看它的裝幀設計。應該是這幾年出的書吧？感覺不怎麼老舊。

「總覺得這本書……好不起眼喔。」

「或許吧。」書籤老師笑著說。「我啊，倒是很喜歡它銀色的書頭布。裝了書套之後可能不容易察覺，其實它封面紙張的質感也很講究呢！」

「書頭布是什麼？」

「喔喔，妳看，就是這裡。」

老師伸出食指，指著我手上精裝書的某個地方。

書背最上方有一條帶狀書籤垂下來，老師指的就是連結那條書籤的地方。這本書的那個地方，配合書本上緣微微彎曲的形狀，貼著一道弧形的銀色薄布。

的確，整本書只有這裡閃閃發光，裝扮了這本不起眼的書。

「這個地方就叫書頭布嗎？」

「對對對。只要是硬殼的精裝書，都會有這個地方。因為以前的書是用線繩交錯手縫在書背上綴訂起來的，線頭從這裡露出來，看起來就像個裝飾。」

「以前的書？那現在不一樣了嗎？」

「嗯。現在不是用縫的，而是用膠裝方式裝訂。很遺憾，現在看到的書頭布只是仿書頭布的造型而已。只不過，作為裝飾書本的元素之一，仍像這樣保留下來。」

「不講真的不會發現……」

我還有點難以置信，又拿起還書檯上其他精裝書。的確如老師所說，雖然為了配合封面設計，顏色有紅有藍有綠，同一個地方確實都露出了書頭布。

「是啊，因為文庫本沒有這個，一般人不會發現呢！」書籤老師嘻嘻一笑。「不過，偶爾在精裝本上發現特別亮眼的書頭布顏色，我都會很高興耶。妳想想看，把收在書架上的書用手指勾出來時，不是都會先瞥見這一塊地方嗎？感覺就像一種不刻意為之的裝扮。」

「為什麼叫書頭布？」

「嗯……我也不知道耶。不過，妳不覺得這是很有日本風情[5]的說法嗎？如果用英語來說，就叫 Headband。」

Headband，意思就是頭上的裝飾吧。

低頭看那弧形的裝飾，我聯想到上次優奈頭上的箍式髮帶。或許因為想起了這件事，我臉上的表情肌不自然地抽搐。

用力咬住嘴唇。

書籤老師一臉疑惑地湊過來看我。

「怎麼啦？」

「沒事，沒什麼啦。」

丟下她，我回到原本的座位。

我沒事。我沒事。已經不會再哭了。

5 譯註：日語中稱書頭布為「花布」，發音為「Hanagire」。

因為，我有凜堂，一定不會有問題的。

把手機螢幕解鎖，偷偷看他的表情。

我才不羨慕。才不寂寞。才不痛苦。這才不是假的。才不是逃避現實。才不是噁心的嗜好。

萌香，沒關係的。

凜堂一定會輕聲這麼對我說。

「這個男生，是間宮同學『推』的角色嗎？」

背後響起的聲音，把我嚇了一大跳。

匆匆回頭，正好跟一臉抱歉的書籤老師對上眼睛。

「抱歉啦！」老師抱著剛才的書溫柔微笑。「我看妳好像有點傷心，覺得擔心所以過來看看。」

「呃、這個，那個……沒事啦。」

老師一定不會懂的。

可是，我忽然心頭一驚，手用力抓住手機。

「老師……妳知道什麼是『推』喔？」

「知道啊。」老師笑了。「雖然老師國中的時候還沒有這個說法……但是，愛上漫畫中的角色是很辛苦的呢！買周邊啊、CD什麼的，零用錢一下就沒了。」

我懷著難以置信的心情，抬頭看笑得有點難為情的她。

「騙人，我不相信。」

「咦？為什麼？」

「什麼為什麼……」

「這不是大部分女生都曾走過的路嗎？」

「是這樣……嗎……」

可是，比方說教室裡那群聒噪歡鬧的女生，她們所談的應該就是三次元的戀愛吧？像我這種沒有存在感的人是人群中的少數派。再說，對啊，真要說的話，總是一臉笑咪咪的樣子，受到大家喜愛的書籤老師，學生時代一定是沐浴在陽光下的女生吧？聽我這麼一說，老師歪了歪頭，露出慚愧的笑容。

「沒那回事喔！老師小時候也很內向，覺得在教室裡找不到自己容身之處。總是躲在圖書室裡看漫畫。」

「都在看漫畫？」

「對啊對啊。連老師都受不了我，要求我好好讀小說，害我從此陷入文學的泥淖。因為在青春小說或推理小說裡，不是也會有帥氣的男生角色嗎？這下更刺激了我的胡思亂想。」

「是、是喔。」

豎起食指放在下巴上，老師眼神望向遠方，似乎懷念起了過去。我緊握放在裙子上的手機，低下頭。

「老師。」

「什麼事？」

「愛上二次元的人……果然還是……很怪吧？」

提出這個問題需要勇氣。指尖用力，我戰戰兢兢地提出問題，這下才真的是用力握得手機殼都要歪了。

「人是沒辦法選擇自己要喜歡誰的啊！」

老師一邊輕聲嘆氣，一邊在我旁邊的椅子上坐下。

她側身對著我，手肘撐在櫃檯上，手托住下巴。視線朝向書架，單手撥弄手上的單行本。

「我在想啊，戀愛大致上有兩個步驟。」

「兩個？」

「嗯。喜歡上對方，不知該如何與自己的心情共處，心裡總是煩煩亂亂的。這是最初的步驟。接下來，戀情開花結果之後，兩人互相看著對方，開始探索彼此過去不知道的事。這是第二步驟。」

「這我大概懂，簡單來說，第一個步驟就是單戀對吧？」

「我想都是一樣的。無論喜歡的人是否真實存在，大家都一樣不知該如何面對自己的心情，心煩意亂，傷感痛苦……雖然有著『是否能走到下一步』的差異，至少，大家都一樣經歷著痛苦的心情，這點不會有錯。」

是這樣嗎？我低頭望向手中緊握的手機，思考老師這番話的意思。的確，如果只看單戀這個階段，不管對方是三次元還是二次元，或許真的沒有太大不同。

「只是遠遠看著的話，有幸福也有痛苦，這份心情也是一樣的喔！」

我只能遠遠看著凜堂。看著他的時候，一方面擁有每天都很開心的幸福時光，一方面也帶來悲傷得想死的哭泣時刻。

優奈說不定也一樣。我想起她戴在頭上的箍式髮帶，還有在走廊角落哭腫的雙眼。遠遠看著瀨谷同學時，她既能感受到幸福，也一定會有痛苦得呼吸不過來的時候吧？就這層意義來說，我們的心情或許沒有不同。

可是，優奈可以從這個步驟邁向下一個步驟。

這令我羨慕得無法自已。

所以，我才會說出那種話。

所以，優奈才會說那種話。

說我逃避現實，說那只是噁心的興趣。

而我自己，老早就知道了。

「老師不覺得我很噁心嗎？」我問出這句話的聲音抖得難聽。「喜歡上根本不存在的對象，只不過是逃避現實。」

「沒這回事喔！我反而覺得有這種感受力值得驕傲。」

我不懂老師這句話的意思，抬起頭。

「這是什麼意思呢？」

老師笑著湊過來看我，揉亂我的頭髮再摸摸我的頭。

「間宮同學，妳應該也有看漫畫或讀小說時，因為內心被打動而哭泣或悲傷的經驗吧？想著不存在的人，為對方哭泣、憤怒或悲傷，這是噁心的事嗎？只是逃避現實而已嗎？這和妳喜歡那個人的心情，有哪裡不一樣？」

我一邊被老師的手摸得發癢，一邊想找反駁的話，卻什麼都說不出口。

「這……」

「一樣的啊！就算只是在虛構的故事裡，間宮同學卻能從中看到一個活生生的人。能夠站在誰的心情著想，為誰動心、思考。這種感受力，不是人人都有的喔！我覺得很難得。」

「可是、我……」

不管老師再怎麼幫我打圓場，還是有一件事無法否認。

「無法實現的戀情，太苦了。」

我如此喃喃低語，老師立刻接著說：

「是啊，很苦呢！」

圖書室裡很安靜。

只聽得到雨打在窗玻璃上的規律聲音。

「不過，」

隔著一陣短暫沉默，老師又輕聲說：

「不過呢，無論對方是什麼樣的存在，喜歡某個人的心情一定會一直繼續活在妳的生命中，總有一天，會再遇到令妳珍視的對象喔！」

我抬起頭，老師還在櫃檯上托著下巴，眼神望向窗外。不知回想起了什麼，嘴角微微綻放一抹笑容。

「老師的意思是說，總有一天我也會喜歡上三次元的男生嗎？」

「不是的。人家不都說談戀愛會改變一個人嗎？這一定是因為，一旦陷入戀情，人們就會鍛鍊起自己的本質。比方說想變漂亮啦、想對誰溫柔啦、想活得更堅強啦、想更堅定不移啦。喜歡著誰的心情，會讓自己想為那個人做什麼，也會因此改變自己。」

老師的手輕輕撫摸正面朝下的精裝書皮。

我瞄了一眼封底的上緣，她的手指撥弄著閃閃發光的銀色書頭布。

「老師我啊……」她笑得有些害臊。「高中時喜歡的男生很愛閱讀。為了想跟他聊更多書的話題，我鞭策自己多讀書，不要輸給他，也因此讀遍各種領域的書。因為那個男生曾說想讀更多不知道的書，我就希望自己能成為推薦他很多書的人……

最後，那份戀情雖然沒有開花結果，但我當時的心意卻是完全沒有白費呢。」

視線從那張羞赧微笑的側臉，落在書籤老師的食指上。

看著白皙的手指撥弄銀色書頭布，心想老師真是大人。

而我也發現自己還只是個小孩。

優奈一定也是因為想著瀨谷同學，所以希望自己改變的吧？想變得更漂亮、更可愛。於是，她改變自己，戴上了那個箍式髮帶。可是，我卻還很幼稚。就算想著凜堂，也只是在原地自怨自艾，從來沒想過要改變自己。不只如此，「希望他眼中有我」、「希望他認識我」、「希望他喜歡我」……從我心中湧出的都是單方面的欲望，連一次也沒想過自己能為他做什麼。

畢竟凜堂太帥氣了，渺小如我又能為他做什麼？

若說戀愛就是想為喜歡的人做點什麼事。

我或許還沒談過真正的戀愛。

我也想要戴那個箍式髮帶。

又或者，我想要的是讓不起眼的封面設計散發一點光芒的銀色書頭布。

就算只有一點點也好，希望自己也有閃閃發亮的地方。

當我將那光亮裝扮在身上時，或許總有一天就能為珍視的人做點什麼了。

＊

雨停了，我走向校舍出入口。

鞋櫃前，一個正在把腳套進樂福鞋的熟悉身影映入眼簾。

我停下腳步，手伸向制服上衣的胸口。

抓住心臟附近的衣服，屏住呼吸。

她沒注意到我，大概會就這樣先走出校舍。

所以，如果不想尷尬低頭，現在只要保持不動就好。

手抵著胸口，感覺得到心跳加速。

總是為愛戀情緒激動得像要破裂的心臟。

看來，我還無法捨棄這種心情。

就算這是仿冒品、就算和正牌戀情差太多也無所謂，畢竟，喜歡著誰的這份心情，無法那麼輕易就捨棄。

如果戀愛就是想為誰做點什麼的話。

我還沒有想要去談真正的戀愛，暫時還找不到屬於自己的銀色書頭布。所以，我還想不出來自己想為喜歡的人做什麼。

可是，如果是珍惜的朋友，那我應該有。

也有想為那個人做的事。

「優奈。」

這麼喊她的聲音雖然抖得很厲害，但看到她回頭時的表情，內心湧出一股心情。

欸、優奈。

失戀的時候，我們一起去做開心的事，把一切都忘記吧！

久違地，我們並肩走在路上。

也不知道是誰先開口的，彼此道了歉，但誰都沒提是為了什麼。

不需要說明。

就算沒有說出口，我們也能心意相通。

接下來，原本的疙瘩好像不存在一樣，我們開始笑著聊起無聊的話題，一如往常地談論凜堂。優奈說她想知道凜堂最近有哪些傑出表現，在她的要求下，我們走進車站附近的咖啡店。我們就像高中生一樣放學不直接回家跑來這種地方，既緊張又興奮。並排坐在吧檯位子，咬著時髦飲料的吸管，用智慧型手機連上Wi-Fi。

拉長的耳機，分別塞進彼此的耳朵。

肩膀靠在一起，一起盯著小小的螢幕看。

「妳不是不要凜堂了嗎？」

我故意這麼說，優奈也裝作賭氣的樣子鼓起臉頰。

後來，我們一起看了之前她看到一半就沒繼續看的動畫。

感覺就像停止的時間重新運轉了起來。

這份既難受又興奮的心情，卻無可否認是真的。

一邊為凜堂的精彩表現發出尖叫聲。

「二次元果然還是最棒了。」

也不知道誰先開口的，我們一起這麼低喃。

淋一身閃閃發光的淚滴

買書的時候，一定會請店員包上書衣[6]。總覺得自己的嗜好被別人知道，是一件難為情的事，連在書店裡把書拿去櫃檯結帳時都躊躇不前。所以，即使在學校擔任圖書股長，我也很少借圖書室的書來看。

話雖如此，既然奉命成為圖書股長，就算待在這裡也沒事做，我還是得來圖書室值班。負責顧櫃檯的時候，我都在看包在書衣裡的漫畫書。儘管校規明令禁止，想說反正也沒人看見。

今天，安靜的圖書室裡難得有點聲音。兩個坐在大桌旁用功的男生講話的聲音傳入耳中。這兩個男生在聊的內容，好像是書籤老師的事。話題似乎圍繞著老師的年齡打轉。

老實說，我也滿好奇老師的年紀。兩個男生爭論不休的焦點在於老師到底是未滿二十五歲，還是超過二十五歲，說真的我覺得很沒意義。這兩人愚蠢的討論始終是兩條平行線，終於其中一個男生說：

---

6 編註：在日本書店買書時，店員會以紙張摺成書衣包覆在書本外側。書衣具有保護書本的作用，也是一種維護個人隱私的方式，可說是日本獨特的閱讀文化。

「上次啊，我聽說書籤老師名字裡使用的漢字之一，剛好是她出生那年才開始使用的！」

「所以？」

「只要查到是哪個漢字，不就可以鎖定老師是哪一年出生的了嗎？」

我也知道這件事，使用在人名的漢字必須符合法律規定[7]，不過，可使用的漢字一直伴隨時代變化不斷增加。那兩人為這個好主意興奮不已，但我也只看過書籤老師的姓，不知道她名字的漢字怎麼寫，老師的名字發音「Shiori」很好聽，真令人羨慕。我常覺得這美麗的發音就跟她的個性一樣。相較之下——

我把手中的漫畫書放在大腿上，以指尖撫摸著包覆在外層的書店書衣。

我有很多不想被別人知道的事。

比方說，正在看的是哪部漫畫、自己熱衷的興趣是什麼，以及將來的夢想——

可是，其中有一件我最不想被別人知道的事。

那就是關於我的名字。

*

張開左手，仔細觀察。

接著，像是不放過任何觀察到的資訊，立刻動起手中的自動鉛筆。

一邊確認彎曲手指的關節動作，一邊將特徵描繪在活頁紙上。不只手指形狀，指甲的弧線和光照在表面的質感，以及手動起來時產生的皺摺等等，我在空白頁面上盡可能忠實地描繪下自己的左手。

嗯，好像不錯嘛。

幾個女生吵吵鬧鬧地從外面走廊飛奔而過。與那嘈雜的聲音正好相反，我閉關的這間教室，籠罩在被眾人遺忘的靜謐中。

只要不開燈，這裡就暗得像陰天時灰撲撲的天空，根本不可能有人進來。

我總是在這裡畫畫。待在這裡就不會有任何人看到我、嘲笑我。不會有人刻意提起我的名字，也不用怕被人知道我的名字。不需要在意別人眼光。在這個地方，我可以自由自在地畫畫。

7 編註：日本法律規定，現代日本人名的漢字選字必須符合戶籍法「常用漢字」與「人名用漢字」之規範。

之所以會開始練習畫手，最初是因為美術課的作業。我心想，如果可以描繪得更仔細，試著畫出手指擺出的各種姿勢，自己筆下的角色一定也能夠呈現出更多情緒。這麼做說不定能為正在畫的漫畫派上用場。一旦開始這麼想像，要我多專注練習都沒問題。

或許就是因為太專注了，我沒發現有人靠近。

「好厲害喔！這是美術課的作業嗎？」

這聲音令我差點發出尖叫，我的身體像忽然接觸寒氣般顫抖，轉頭去看。

一個女生站在那裡。

不認識的女生，不過一看就知道，她應該是和我活在不同世界的女生。皮膚白白的、身材瘦瘦的，頭髮用橡皮筋綁得很時髦，為了穿出可愛感，制服故意不拉整齊。昏暗教室裡，我產生一種陽光只灑落她身邊的錯覺。如果在漫畫裡登場，一定是夠資格突破框線的角色。

她手上拿著看似從自動販賣機買來的盒裝果汁，咬著插在裡面的吸管。大大的眼睛望向我在桌面攤開的活頁紙。

怎麼辦？

被看見了。

幾乎是反射動作，我伸手將散亂的活頁紙抓過來。

於是，那個女生笑著說：

「欸，幹嘛藏起來，畫得那麼好！」

「可是——」

我發出困惑的沙啞聲音，女生拉出我前面一個座位的椅子，以像是貼著朋友座位的動作，在我面前坐下。

「給我看一下嘛！」

看到她毫無心機的笑容，我不由自主放開壓住活頁紙的手臂。女生一點也沒有要客氣的意思，拿起裡面幾張，大眼睛睜得更大了，發出驚呼：

「哇！好強！真假啊，妳畫得超讚的吧！」

如此驚嘆著，她一張一張翻來翻去，連背面都翻過來看。

「妳喜歡畫畫嗎？」

那雙大眼睛望向我。這時我們似乎才第一次四目相對，她有一雙眼角微微上揚的鳳眼，睫毛很長。我垂下視線，嘴裡囁囁嚅嚅：

「嗯……對……」

「這樣啊，真的好厲害喔！」

雖然她笑著這麼說，大概因為我回答得不好，對話就此中斷。仔細一看，她的視線已經從我身上轉移到手中的活頁紙了。

我很不會跟別人講話。

從小學就一直是這樣。類似她這樣的女生，在教室裡總是閃閃發光，只有在提到我的名字、指著我嘲笑時，才會跟我扯上關係。

我偷偷窺視她拿在手上的活頁紙和落在紙上的眼神，察覺自己心跳得厲害。感覺血液沸騰，臉頰無可控制地發燙，還冒著奇怪的汗。這是第一次有人用這麼熱情的眼神看我畫的東西。

「欸、這個妳是不是不要了？可以給我嗎？我想到一個超讚的點子。」

她忽然抬起視線這麼說。

她說的那幾張活頁紙上，並沒有畫什麼了不起的東西。只是放大的手部特寫而已。也不是素描我自己的手指，只是畫了可以用在漫畫裡的固定格式，比方說美女主角的手，手指可能就會擺出這種姿勢。只是一邊想像修長的手指一邊畫下的東西。線條還滿雜亂的，甚至可以說畫失敗了，幾乎跟塗鴉沒兩樣。我實在不認為這對別人來說會有什麼價值。

「我本來就想丟掉了，給妳是可以……但妳要拿來做什麼？」

這些是女性角色的塗鴉，很有可能被她拿去嘲笑「這傢伙自己是女生還畫這種東西」，因為我曾有過這種經驗，懷著十足的警戒心這麼問她。

「我想用來練習。」

「練習？」

於是，她從自己書包裡拿出大大、鼓鼓的可愛化妝包。放在課桌上時，裡面不知道裝了什麼重物，發出咕咚的聲響。看到她從化妝包裡陸續拿出來的東西，我忍不住睜大眼睛。

她拿出來的，是一個又一個色彩繽紛的小魔法瓶。

小小的瓶子裡，封入了彩色宇宙。彷彿以魔法語言寫成一般，瓶身上貼的時尚標籤，印著咒語似的英文字母。封在瓶中五顏六色的宇宙裡，看得見亮晶晶的星光浮沉。她拿出好幾個這種小瓶子排在一起。

這女生是怎樣，魔法師嗎？

「這是什麼？」

「妳不知道嗎？是指甲油啊！」

她說得一副理所當然。

「可以塗在這些畫上面嗎？」

「欸？」

我不懂她的意思，愣愣反問。不過也被她勾起了好奇心，回過神時，已經一邊看著她擺出的小瓶子，一邊點頭了。

「選哪個顏色好呢……」

她拿起來的是淺紫色的小瓶子。只見她用熟練的手勢轉開瓶蓋，蓋子裡面竟然連著一隻小筆刷。我才剛心想，跟哥哥做模型時使用的固定膠好像喔，一股一模一樣的刺鼻氣味就鑽進鼻腔。

「抱歉，妳忍一忍。」

她苦笑著，朝活頁紙拿起細細的筆刷。瞄準我畫的食指指甲。筆刷慢慢靠近。

落在紙上的筆刷快速刷過，彷彿魔法一般，那裡誕生了一個宇宙。宛如燦爛星光的亮片，在窗外照進來的夕陽光線下閃閃發光。

「比想像的更漂亮耶！我果然是個天才嘛。」

女生發出開心的聲音，雀躍地動起筆刷。

一片又一片，每一片被她畫過的指甲裡，都誕生了一個宇宙。

亮晶晶的鮮艷色彩，逐漸染上拇指、中指、無名指。

光是這樣，原本黑白色調、單調無趣的指尖，變成了非常美麗的作品。

「好厲害喔。」我情不自禁低喃。

「是不是？」她看著我，笑笑地說。

「看到這個的時候，我就靈機一動。想說在這張畫上塗指甲油絕對很美。妳也知道，指甲油不實際塗塗看不知道會是什麼感覺。現在這樣，多少也有練習的效果。」

為虛構的指尖加上指彩的她，高舉活頁紙笑得心滿意足。看到夕陽的光線透過紙張，又喃喃自語「說不定也可以疊色……」。

接著，她又望向我問：

「對了，妳叫什麼名字？我叫倉田。」

「咦！」

我吞吞吐吐了。

「那個……我叫田中。」

「田中什麼？」

「呃……」

問這話沒有其他意思的她，笑容真的太耀眼了。

讓我忍不住想要成為配得上這光芒的存在。

「涙子（Ruiko）……」視線低垂，我輕聲回答。

「涙子？怎麼寫？」

「嗯……就是眼涙的涙，孩子的子。」

「是喔？好可愛的名字。」倉田讚嘆地點頭。

「那我叫妳涙涙（RuiRui）好嗎？」

涙涙。

什麼啊！很好笑耶。

可是，這提案太有魅力，我愚蠢地點頭了。

既然已經點頭，一切就太遲了。
伴隨著後悔之情，我感到內心隱隱作痛。

*

從那之後，放學後的這間空教室，就成了我和倉田同學不時見面的地方。
她好像早就隱約察覺我把這個地方當作祕密基地的事。因為每次經過時，都感覺裡面似乎有人，那天實在忍不住好奇心，她就推門進來了。
我倆在這有限時間中的交流，看在旁人眼中或許很奇怪。首先由我在空白的活頁紙上畫出各種手勢的手，倉田同學再賦予那些指甲色彩。彷彿魔法水滴流淌紙面一般，虛構的指尖一一染上繽紛的色彩，總令一旁看著的我情不自禁發出嘆息。
放學後倉田同學來這間空教室的日子並不一定。我跟她教室隔得很遠，彼此之間又幾乎沒有共通點，只有在這間灰色教室裡才會交談。即使在這裡見面，她每次待的時間頂多二十分鐘，我總是目送她匆匆離去的背影。她在化妝包裡塞了那麼多小魔法瓶，但幾乎沒有使用的機會。畢竟我們還是國中生，校規禁止使用這些東西，說來也是理所當然。

「我啊，將來想當個美甲師。」

一邊將可愛的粉紅色薄薄擦上活頁紙上的指甲，倉田同學略帶羞澀地這麼說。

我強忍始終難以習慣的刺鼻氣味，繼續為她畫手指。倉田同學的話很多。而我或許因為常常從上學到放學，一整天都沒有說話的關係，無法好好回覆她說的話，總是只能沉默聽她說。不過，面對這樣的我，她並不介意，照樣開心說她想說的話。

「和淚淚在白紙上畫圖一樣呢！對我來說，這些小小的指甲就是畫布。」

她說平常在家都用自己的指甲練習，只是，擦著指甲油上學要是被老師看到就慘了，所以必須馬上用去光水卸掉。不過，如果只是塗在活頁紙上，就能在短時間內做各種指甲油塗法的練習了。雖然和真正的指甲比起來，塗在紙張上的顯色程度差很多，塗抹方式也不同，即使如此，還是很值得拿來參考。所以，倉田同學需要我為她畫下的這些虛構手指。

其實我早就想到可以把畫拿去影印，再拿給倉田同學用就好了。可是，我沒有把這個方法說出來，依然盯著她的手指，在空白活頁紙上不斷畫出新的手指。拿自動鉛筆仔細描繪，有時畫下骨節比較粗的食指，有時畫出形狀比較圓的指甲。

發現我每次畫的手指形狀都不太一樣時，倉田同學很高興。說感覺就像真的開了一間美甲店，每次上門的客人都不一樣，可以在各種指甲上擦指甲油。

「淚淚的夢想是什麼？當插畫家嗎？」

「我喔——」

說到這裡，我就打住了。

因為從來沒對任何人說過這件事。

就算知道我在畫圖，幾乎所有人也只會指指點點嘲笑。

乾脆用妳的本名出道當漫畫家啊？連筆名都不用取了！

說著，咯咯笑個不停。

耳邊彷彿又聽見那些語帶惡意的嘲弄。

「我、那個……」

可是，也不知道為什麼。

我希望讓倉田同學知道這個祕密。

明明最大的祕密還無法對她坦白。

「我想說……如果可以成為漫畫家就好了……」

才剛這麼低聲說出口，立刻就後悔了。怯懦地想，她會不會笑我自不量力呢？

「不會吧，真的嗎？太厲害了吧！妳想畫什麼樣的漫畫？」

可是倉田同學卻停下手中的筆刷，雙眼閃著光芒，興奮地這麼問。接下來她連珠砲似的丟出問題，像是喜歡哪些漫畫、有沒有已經畫好的漫畫、受到哪個漫畫家影響……等等。也不等我回答，她就口沫橫飛、接二連三地抓著我問。我嚇得有點語無倫次，費盡力氣一題一題回答。結結巴巴地告訴她，因為以前遇到討厭的事情時正好讀了漫畫，從中獲得很大的感動，於是自己也想挑戰畫漫畫。還說，雖然還只是練習，但自己也嘗試畫過漫畫。聽到我這麼說，倉田同學就表示務必要拿給她看看。我說，那個作品太丟臉了不好意思給她看，如果現在手邊正在畫的故事能夠完成的話，再請她看這個作品。接著，用微弱到連自己都受不了的聲音，好不容易擠出一句：

「那個……還得……多練習……才行。」

從未想像過，有別人會來讀自己的作品。

一定要把線條畫得更流暢，作品的完整度也要再更提高，否則萬萬無法拿給別人看。

「練習啊……」

倉田同學一臉可惜的樣子，這麼嘟噥之後，又露出理解的表情點頭。

「說的也是。嗯，我超懂的啦！練習很重要，我也不能老是塗在紙上，得好好擦在真正的指甲上才行。是說，為什麼學校要禁止我們擦指甲油呢？」

看她疑惑的表情，是真的打從內心不明白為什麼。我也不是很懂。因為校規禁止所以不行，這個我知道，但是為什麼要禁止，原因是什麼，我就無法用言語表達得很清楚了。或許就跟不能帶漫畫書來學校看一樣吧？這麼說來，我倆將來想做的工作，都是從學校判斷不必要的東西裡誕生出來的。我和倉田同學都對於被學校禁止的東西感到心動，並以此為夢想。

雖然我和倉田同學過著完全不同類型的生活，唯有這點是一樣的。我低下頭，噙著嘴脣。倉田同學問「妳怎麼了」，我只是靜靜搖頭說：「沒什麼啦。」

倉田同學有時候好像也會幫朋友塗指甲油，不過，都是因為校規禁止的關係，她們只能在星期五放學後這麼做。這麼一來，星期六、日兩天就能盡情享受星期五放學後擦上的指甲油了。

「問妳喔，」

我這麼說。倉田同學正好為活頁紙上的五根手指畫上最後裝飾的白色圓點。

她疑惑地抬起頭。

「擦指甲油是什麼感覺啊？我從來沒擦過。」

從來沒擦過。

從來沒擦過，那又怎樣。

我放下自動鉛筆，伸出手指。

「我也可以幫淚淚擦嗎？」

感覺像被慫恿玩某個禁忌的遊戲，但我仍輕輕點頭。既然我和倉田同學的夢想有共通之處，那就應該沒什麼好害怕，也沒什麼不行才對。就像互相借對方自己喜歡的漫畫，我只要把指甲伸給她就好了。

一定是這樣的。

第一次擦的指甲油，果然還是有固定膠的味道。還有，擦上去癢癢的。

別人的指頭像這樣觸摸我的指頭，這種感覺很奇妙。好久沒像這樣與別人肢體接觸了。除了體育課之外，我只想得到小學的時候，那些恥笑我的名字、故意用手肘撞我或用腳絆倒我的男生。或許因為這樣，才會感覺特別癢吧。倉田同學溫暖的皮膚覆在我的手指上時，連內心深處都有一種酸酸麻麻的感覺。

倉田同學施展魔法的地方，只限於我的食指上。

她說，因為馬上就得卸掉了。

淺淺的粉紅色，在指尖上散發光澤。

「如何？可愛吧？」

倉田同學自豪地說，我無法判斷自己的指甲是否配得上這漂亮的光澤。可是，馬上就要卸掉真的好可惜。所以，我低聲說想當作之後畫畫時的參考，用智慧型手機把自己的指甲拍下來。倉田同學也說難得顯色這麼好，拿起手機對著我的手拍。灰色的教室裡，快門聲此起彼落。不知道這件事有什麼好笑，倉田同學一對上我的眼神就偷笑起來。雖然不知道哪裡好笑，我也被她傳染，跟著笑出來。好像好久沒在學校裡這樣笑了。

從窗外射進來的夕陽很刺眼，漸漸將教室染成閃閃發光的金黃色。

倉田同學說差不多該回去了，用去光水擦拭我的指甲。只要拿沾去光水的化妝棉擦個幾次，魔法就會消失得一乾二淨。自己原本的指甲顏色，感覺好枯燥乏味。

她的魔法是如何在我的指甲上增添光彩，我想把心中的感想告訴她，只是還在思考該怎麼表達時，她就像午夜十二點前的灰姑娘匆匆離開教室了。面對笑著說「下次見」的她，我費盡全身力氣才能擠出一句「下次見」。像是「妳下次什麼時候來」這種問題，我是問不出口的。

繼續畫了一會兒，我才走出教室。穿過走廊時，偶然碰上幾個同年級的女生。擦肩而過之際，感覺得到她們按捺不住的笑聲。

「哎、妳知道嗎？那個女生的名字啊……」

「咦？什麼什麼？」

「聽說她叫田中Tiara喔，Tiara耶！」

「真的假的！明明姓田中還取這種名字！長那張臉竟然叫做Tiara[8]！」

嘻嘻、嘻嘻。她們笑得很開心。

我咬著嘴脣、緊緊捏住手，快步穿過走廊。

像軍隊行進那樣，不斷踏步往前。

指甲無聲嵌入掌心。

田中淚子。

對，這就是我真正的名字。

漢字寫「淚子」，讀音卻得讀「Tiara」。

我也知道這很好笑。所以，請妳們別再那樣笑了。妳們說的那些，我自己都想過啊！Tiara 這名字到底是想怎樣啊？為什麼漢字寫「淚子」，發音卻非得讀「Tiara」不可呢？因為眼淚的英文是「Tear」嗎？就算是，又怎麼變成「Tiara」了？很好笑對吧！讓人想笑對吧？其實我都知道喔！因為從小學起，早就被大家嘲笑過很多次了。這個名字有多好笑，有多不適合我，不用妳們好心告訴我，我也知道。

死命忍住內心翻湧的情緒，我踏上回家的路。

回到家裡，媽媽好像出去工作了。我立刻把自己關在房裡，躺在床上，就著電燈的光凝視指甲表面。

什麼淚子嘛！淚子，不就是眼淚的孩子嗎？

這名字註定了我與生俱來的宿命。

所以每天都像這樣流著眼淚。

8 編註：日本人名的漢字並不像中文有固定讀音，父母在取名時可自行決定讀音。淚子父母將其名字的讀音定為「Tiara」，為英語「皇冠」之意。但「田中」是傳統大姓，名字「Tiara」則很洋派，故被同學拿來做文章。

淚淚。

倉田同學不知道我真正的名字。

如果她知道了我真正的名字，也會像剛才那些女生一樣壓低聲音，彷彿說著什麼頭條新聞似的告訴朋友，然後一起嘲笑我吧？

把指甲拿到鼻尖嗅聞，宛如魔法殘留的香氣，發出刺鼻的異味。

＊

那天，雨下個不停。

後來，倉田同學不只在活頁紙上塗指甲油，也開始說她想塗在我的指甲上練習。

時不時出現在空教室的她，除了在活頁紙上施展各種顏色的魔法，也用筆刷拂過我的食指指甲。臨走前再用去光水擦掉，短暫的魔法就這麼從我的指尖被剝奪。

這樣的日子持續了一段時間。

紅或粉紅、白色圓點、閃閃亮片、紫色、大理石紋……

花時間慢慢疊上一層一層顏色，顯現的顏色就會改變，很有趣。

我心想，真的跟畫具顏料一樣。

聽著安靜的雨聲，看著用筆刷專注刷過我指甲的她，我忍不住把這想法說出口。

「淚淚，妳畫的圖都不著色嗎？」

大概是最後的一道手續了。一邊這麼問，她一邊小心翼翼地在我的指甲上拉出銀色細線。臉湊到我的指甲旁，輕吹了幾下。不知為何，我心頭有如小鹿亂撞。

「那個……我的零用錢不夠買畫具。像 COPIC 麥克筆，我也沒幾支。」

所以，我畫的永遠都是黑白景物。不過，反正我的目標也不是插畫家，如果是漫畫，即使畫面不是彩色也沒關係，所以到目前為止還不怎麼困擾。不經意朝窗戶方向轉頭，時間明明還早，或許因為正值梅雨季節，小雨連綿不斷，天空呈現一片灰濛濛的顏色。倉田同學說她今天打算在這裡待到雨停。

「是喔……也對啦！要買齊所有顏色很花錢。」

「倉田同學的……那些，是妳自己買的嗎？」

「也有一些是媽媽給我的喔！還有一些是在百元商店買的。」

擦好了。這麼說著，倉田同學轉緊小魔法瓶的蓋子。雖然氣味不會因此馬上消失，最近我也差不多適應這個氣味了。才剛這麼想的時候，倉田同學像忽然想起什麼似的說：

「啊、對了，妳剛才不是有畫畫嗎？給我看一下。」

倉田同學用活頁紙上的手指練習塗指甲油時，我在旁邊構思下次要給漫畫主角穿的衣服。因為是幻想世界的設定，我打算讓角色穿上公主洋裝。很多細節都是參考市面上的作品，看上去可能有點怪，所以，我一直塗鴉修改，直到滿意為止。

「這個嗎？」

我拿出活頁紙。上面畫著穿洋裝的女生，擺出頗有幹勁的姿勢。五官和髮型都只是幾筆帶過，充其量就是一張隨手塗鴉。

「對，就是這個。」

倉田同學雙眼發光，接過活頁紙說：

「雖然這樣已經很可愛了，如果把指甲油塗在這上面，一定會超美的吧？」

聽見這麼棒的提議，我怎麼可能不心動。

試試看吧。衝動之下這麼一說，倉田同學就從幾乎要撐破的化妝包裡拿出幾個小魔法瓶，幾經斟酌挑了些顏色，轉開蓋子，解除魔法的封印。伴隨著那獨特的氣味，她骨節明顯的手指拿著筆刷，在我畫的幼稚服裝上塗抹亮眼的色彩。

她所描繪的線條，流暢得就像劃過夜空的流星尾巴。
閃閃發光的銀河，讓原本看上去廉價的洋裝熠熠生輝。
「好厲害。」
竟然可以把指甲油拿來這麼用，要是我就一點也想像不到。
「淚淚也試試看嘛！」
「可以嗎？」
「畫這個妳一定比我強的啊！」
我懷著緊張的心情，接過她手中的魔法筆刷。
試著拉出一條線，空白的洋裝上誕生了宇宙。
漆黑而閃亮，閃爍銀光。
「可以再塗多一點嗎？」
「別介意，儘管用。」
我將整件洋裝染成黑色。
擴張了宇宙。
銀河流瀉而過。

星星閃耀光芒。

月亮皎潔明亮。

用這個顏色如何？乾了之後，再疊上這個顏色怎麼樣？這個亮片很厲害喔，妳試試看嘛！聽從倉田同學的建議，我們合力做出了世界唯一僅有的洋裝。黑白插畫因有了色彩而發光，連角色都多了生命力，彷彿隨時都要動起來。

我小心翼翼地滴下兩滴粉紅色指甲油。

真的是非常非常小心，屏氣凝神地將差點發抖的手慢慢靠近。

輕輕滴下。

粉紅指甲油變成了可愛的腮紅，女孩表情瞬間亮起來。

「很厲害嘛！」

倉田同學發出興奮的讚嘆，我也笑了。

明明只是自己畫的塗鴉，色彩一豐富起來，看上去就像個正式作品了，真不可思議。我凝視著這幅畫好一會兒，心想，這是我和倉田同學的作品。

「欸。」

聽到她的聲音，我抬起頭。

「雨停了喔。」
朝窗外一看，天上撥雲見日，露出耀眼的蔚藍晴空。

*

手機收到訊息後，倉田同學匆匆離開了教室。
她說，因為答應朋友雨停了就要一起回家。
離開教室前，她拿出去光水，打算幫我消除食指上的魔法，我不假思索拒絕了。
「沒關係，那個……妳不是趕時間嗎？」
「可是，萬一被老師看到怎麼辦？」
「我家也有去光水，回家我再擦掉就好。」
「是喔？」
「比起這件事，那個……」
「什麼？」
「這個。」

我緊張得呼吸都在顫抖，從書包裡拿出那個。

那是一疊夾在資料夾裡面的影印紙。

倉田同學一頭霧水地接過去。

和別人說話，對我來說必須耗費龐大的精力。

「漫畫……我在畫的那個……完成了……要是，妳不嫌棄的話……」

「欸，真假！好強！」

「不要在這裡看。」

我急忙制止當場就要翻看起來的她。

「那個……我會……不好意思。」

「會嗎？」

「嗯……」

既沒有使用正式原稿紙，也沒用沾水筆描線，更沒錢買網點。身為想成為職業漫畫家的人，畫出這樣的作品，只能拿自己還是個國二生當藉口。漫畫內容，幾乎全部以我的親身體驗為依據，描寫一個受眾人捉弄欺負的女生，如何鼓起勇氣面對那一切。說來也只是我的幻想而已。

即使如此。

該怎麼說好呢？

只有一點點也沒關係。

希望她能理解我。

我一直將這份漫畫藏在書包最底下。

「謝謝，迫不及待想趕快看了。」

倉田同學笑著這麼說，離開了教室。

回到家，我藏起食指和媽媽說話。

關在自己房間裡，躺在床上凝視食指的指甲。

盯著這魔法色彩看，不知不覺就這麼睡著了。

仔細想想，這種行為真的太愚蠢。

＊

還以為只要把食指藏起來就沒問題。

只可惜，現實沒有那麼簡單，這也是思考一下就該知道的事。別的不說，本來我的人生和其他小孩比起來就更多災多難。若比喻為遊戲的難易度等級，就是永遠都在高難度模式。光是與生俱來的名字這個自己無能為力改變的要素，就讓我脫離不了總是被指指點點的人生。既然如此，壞心眼的老師注意到我的指甲，也就不是什麼奇怪的事了。老天爺就是故意惡搞我。

下課時間，我被叫到教室角落。

老師在那裡逼問了關於指甲的事。「為什麼要擦指甲油？」「為什麼大家都能遵守規則，就只有妳不能遵守？」像這樣教訓個沒完沒了。教室裡的其他同學都裝作沒事的樣子看其他地方。老師懷疑我還帶其他化妝品到學校，毫不留情拿起我的書包打開檢查，取走了我最喜歡的漫畫。劈里啪啦翻開用書衣包住的漫畫，又質問我到底在想什麼，竟然帶漫畫這種東西來學校。就是因為老是看這種無聊玩意，才會連一條校規都無法遵守。老師大聲反覆責罵我，我咬著嘴脣，指甲摳進掌心，低垂因淚水而模糊的雙眼。現在正在跟妳講重要的事，看著老師的眼睛！我抬起下巴，拚命想隱藏的淚水，就這樣滾燙地沿著臉頰滑落。對不起，對不起，我不會再犯了。

除了老師怒吼的聲音，還有更多竊竊私語與嘲笑傳入耳朵。不會吧，Tiara 竟然擦指甲油？笑死人，名字就夠閃亮了，現在連指甲也要閃亮一下嗎？大概因為取了那種名字，讓她搞錯什麼了吧！笑死人……

對不起。對不起。我喘息著持續道歉。對不起。都是我不好。我不該生下來就被取這種名字，不該變成動不動就掉眼淚的愛哭鬼，這一切都是我的錯。都是因為讀了漫畫那種沒用的東西，懷抱了無聊的夢想，我才無法遵守校規。對不起，我不該活著，對不起。

我一味地道歉。老師把我帶到輔導室，要我寫悔過書。漫畫書被沒收，倉田同學施展的美麗魔法，用沾了去光水的棉花強行擦掉。失去了色彩的指甲顯得乾燥粗糙。學校聯絡了媽媽，回家後又聽她罵了一頓跟老師一樣的話。妳就是因為老看這種漫畫，才會受到壞影響！媽媽拿走我房間裡所有漫畫，還把活頁紙、彩色麥克筆等畫圖用具全部奪走，說這段時間禁止我畫畫。老師和媽媽都把支撐我內心的東西帶走，還狠狠批判說那些都是沒用的東西。

我好想死。

早點死一死，換別的名字重過新的人生吧！

那樣一定會輕鬆許多。

用現在這個名字活下去，也只會流更多無謂的淚水。
什麼嘛，什麼眼淚的孩子啊？
莫名其妙。
我一定是為了承受這些悲哀才被生下來的。
爸爸到底有多恨我，才會給我取這種名字？
即使想抱怨，爸爸也早就死了。若想當面對他發洩我的怨恨，只有自殺一途。
可是，我不可能有那種勇氣。
隔天，媽媽把我丟出家門，我還是去了學校。
再隔一天，再隔一天也是。
受到眾人恥笑而哭泣已是家常便飯，這種事勉強還能忍耐。
只是，我再也無法去那間空教室了。

＊

我不想被任何人知道關於自己的事。

因為早就知道，這麼做不會有什麼好下場。

可是，為什麼總是接二連三發生糟糕的事情呢？

下課時間，為了不和任何人對上眼睛，我坐在課桌前，連呼吸都不敢大聲。

「田中 Tiara ——」

有人叫了我的名字，一如往常的伴隨嗤嗤竊笑。我嚇一跳，朝門口方向望去。

看到站在那裡的人，感覺全身都要凍結了。

為什麼？

為什麼偏偏會出現在這裡？

那天之後，我一直沒去空教室，所以已經很久沒看到她了。

她可能是找到認識的女生，請對方幫忙叫我。

一對上我的眼神，倉田同學臉就亮了起來，朝我招手。

我緊緊咬住嘴唇，感受到胃在抽動，好不容易才站起身。

走向門口時，全身的血液像是被抽乾。

「謝啦！」

倉田同學笑著對那個幫忙叫我的女生道謝。

「可是，妳為什麼叫她 Tiara 啊？」

她毫無心機地提出疑問。

「咦？妳不知道嗎？」女生噗哧一笑回答：「那傢伙的名字就叫田中 Tiara 啊！漢字是寫淚子，讀音卻要讀 Tiara。是不是很好笑？」

咯咯笑著，那個女生這麼說。

「咦——」

倉田同學發出疑惑的聲音。

「不是唸 Ruiko 喔？」

「是 Tiara 喔，Tiara。」那個女生又笑了。

我說謊的事，被拆穿了。還不如死掉比較好。

一切都完蛋了。

我一把推開站在門口的女生。

往走廊狂奔。

「淚淚！」

雖然聽見她叫我，我卻什麼都看不到了。

視野混濁發白，就像視力忽然變差一樣。穿越午休時間的走廊，逃出教室。好想死。好想大叫。我發出低吼，只是不斷地向前跑。不知道去哪裡，朝校舍入口跑去，要是能跑到外面，被卡車撞死，那就太幸運了。

可是，我撞上的不是卡車，是一個人。地點也不是馬路，是通往校舍入口的走廊。

女人輕聲驚呼，聽見什麼東西掉了一地的聲音。

我不知何時一屁股跌坐在地上。

「田中同學？妳怎麼了？」

聽見聲音抬起頭，眼睛眨了又眨。大概因此撢掉了眼淚，混濁的視野稍微鮮明了一些。不想被發現我剛才在哭，急忙揉眼睛。

「怎麼了？會痛嗎？」

我緊抿嘴脣搖頭。

「遇到什麼難過的事了嗎？」

這麼問我的，是學校裡的圖書管理員，大家都叫她書籤老師。

她大概正走在走廊上，被我不小心撞到了。只見四周都是散落的影印紙，書籤老師卻連看也不看那些一眼，依然跪坐在地上，擔心地看著我。

說來不可思議。剛才還真心想死的我，現在卻因被人撞見在哭泣而滿心羞恥。紅著臉，我拚命搖頭否認，逞強地說什麼事都沒有。可是，正如Tiara這個可笑的名字，註定成為愛哭鬼的我或許無法掩飾眼淚。老師輕輕伸出食指，我保持跌坐姿勢，出神地看著她散發微微光澤的指甲。

書籤老師的手指，為我抹去淚水。

「要不要來圖書室？」

*

現在紅茶應該正飄散出一股香氣吧。

可是，我的鼻子被濃濃的鼻水塞住，完全聞不出矮桌上那杯冒著蒸氣的紅茶是什麼樣的氣味。

「來，請喝。」

「那我就不客氣了……」

我勉強這麼回應，坐在榻榻米上鋪的座墊，有點手足無措。

其實老師有告訴我這是什麼牌子的紅茶，我卻一轉眼就忘記了。喝一口，覺得甜甜的很好喝。

「這樣啊，妳是眼淚的孩子啊。」

老師自己也喝一口紅茶，用遇上難題般的表情輕聲說。

被她不由分說帶來的地方，是狹小侷促的職員室。

這時午休早已結束，沒馬上回教室的我肯定會被冷酷無情的老師斥責。可是，書籤老師拉住了我。她說已經跟老師聯絡過，還說會沖一杯美味的紅茶給我喝，要我在這裡休息一下。

老師溫柔地問我為什麼哭。當然，我沒有回答。只是心情好像被老師平靜的聲音牽動，低聲說了一句「因為我是Tiara」。聽了我這句莫名其妙的話，書籤老師才會像遇上難題般，一臉困惑地說「這樣啊，妳是眼淚的孩子啊。」

接著，她又傷腦筋地皺起眉頭，用溫柔的語氣說：

「不需要按照自己的名字活啊！老師也沒自信能按照自己的名字活下去，再說，就算是眼淚的孩子，也沒有必要哭。」

或許因為我默不吭聲，老師好像乾脆放棄問我為什麼哭了，開始說起完全無關的話題。

「田中同學，妳最近都不看漫畫了耶。以前不是經常在看漫畫嗎？」

我赫然一驚，抬起頭。

老師說的沒錯，以前在圖書室值班時，我都在看漫畫。因為校規禁止帶漫畫來學校，我還以為從來沒被書籤老師發現過。

「為什麼……」

「一看就知道了啊！老師可是圖書管理員耶。」

說著，她抬頭挺胸，一副很自豪的樣子。

「那妳怎麼沒罵我？」

「呵呵，那是因為——」

露出孩子氣的笑容，書籤老師用講祕密的口吻說：

「老師也喜歡看漫畫。」

畢竟書籤老師很年輕，喜歡看漫畫也沒有什麼好奇怪。

但是，只因如此就對校規禁止的事情睜一隻眼閉一隻眼，怎麼為人師表呀？

我有點驚訝。

「書或故事是不分貴賤的呀！」

貴賤。我花了一點時間才聽懂這個字。因為是漫畫裡也曾出現的用語，所以大概知道意思。

「小說也好，漫畫也好，故事的價值是平等的，一樣會打動人心。」

「可是，有人會瞧不起漫畫，還說是無聊沒用的東西……」

「所以妳才用書衣包起來看嗎？」

書籤老師歪著頭問。

她平時對我們的觀察，似乎比我以為的更仔細。

之所以包上書衣，一方面確實是因為校規禁止看漫畫。但是，就算校規沒有禁止，我大概還是會包上書衣吧。

「因為不想被別人知道我在看什麼書。」

不想被恥笑。

不希望別人知道關於我的事，不希望被嘲笑。

嘲笑我讀的書，嘲笑我的興趣，嘲笑我的夢想。
說什麼沒用，無聊，會帶來不好的影響。
我不想聽到別人否定自己最愛的東西。
手放在小矮桌底下撫摸食指指甲，確認那乾燥的觸感。
「是啊。」
老師點點頭，也不知道她是對哪句話表示同意。
「可是，不管其他人怎麼想，田中同學認為的價值還是不會改變。只有這一點，我希望妳能記住。」
我不知道如何回答才好，就還是只能默不吭聲。為了掩飾沉默的尷尬，拿起茶杯喝一口紅茶。老師似乎也同樣難耐這安靜的空氣，只見她頻頻點頭，繼續滔滔不絕地說：
「漫畫裡面啊，具有打動人心的力量。老師要是沒讀過漫畫，也不會懂得讀書的樂趣，甚至不會從事現在這份工作。沒錯，漫畫能夠打動人心喔！老師好幾次都看漫畫看到哭了……」
「是因為難過嗎？」

「不是喔。」

儘管只是為了打破沉默的尷尬氣氛而隨口提出的無聊問題，老師還是微微一笑否定。

「有時是因為高興，有時是感受到溫暖，有時是鬆了一口氣⋯⋯。是基於那種溫柔心情而哭泣的。」

雙手捧著茶杯，書籤老師溫柔微笑。

「老師現在說的話或許有點不負責任，也可能是說錯了。但是呢，有些事我希望田中同學一定要了解。」

說著，書籤老師苦惱地皺著眉頭。就像我跟別人講話時總是拚命在腦中急著翻找詞彙一樣，老師或許也小心翼翼地選擇遣詞用字。

「聽我說，眼淚的孩子，未必全都是不好的意思喔！」

「是⋯⋯這樣嗎？」

「嗯。」書籤老師低垂視線，朝杯子吹氣，像是想把茶吹涼。

「老師小時候也很常哭。因為總是遇到討厭的事，很難過，很傷心，把自己關在房間，臉埋進枕頭，不想被誰聽見地哇哇大哭⋯⋯這類經驗一再反覆，或許真的會把眼淚當成負面的代名詞。可是啊，長大之後，也漸漸明白了一些事。」

放下茶杯，老師抬起低垂的視線。看著我，她微微一笑，這麼說：

「長大之後，雖然還是一樣常常哭……可是，因為喜悅或感動而流淚的次數也增加了。被溫柔的心情所包覆，心就會溫暖起來，一點一點被打動……這種時刻流下的淚水，有著非常溫暖的溫度喔！」

我試圖想像老師口中那種眼淚的觸感。

總覺得，那是我伸出手也摸不到的事物。

但是——

「所謂眼淚，也可以成為溫柔體貼的具體展現，是很美的東西。老師現在比較常流這種眼淚。比方說閱讀時，心靈被觸動、受到感動……這些溫柔心境累積多了，自己也會產生想要對別人好的心情。」

我確認指甲乾燥的觸感。

回想那時，碰觸到倉田同學的指尖時，那種麻麻癢癢的感覺。

想起看到令世界變成彩色的魔法時，內心湧現的情緒。

「要是有一天，懷抱溫柔心境流下的眼淚能將難過的眼淚沖掉就好了。不需要忍耐，覺得痛苦的時候，可以來找老師沒關係。這裡有很多很多書，能夠讓妳忘記痛苦，一定也會教妳了解什麼才是眼淚真正的意義。」

所以，隨時都可以。

隨時都可以，來跟老師說妳的事。

我低俯著視線，拿起茶杯啜飲紅茶，感覺溫熱的液體一點一點流入喉嚨深處。

「老師。」

「嗯。」

「我……」

現在還說不清楚。

關於我自己的事，以及承受的那些打擊，還需要勇氣才能說出口。

可是，我想，自己一定還會再來這裡。

到時候，我能脫下隱藏自己的外衣嗎？能好好對老師說，希望她多知道一些關於我的事嗎？我的興趣、我的夢想、我的名字、我自己的事，對這一切感到自豪的一天會來臨嗎？

「我……還會來這裡。」

這麼說完，我喝光杯中的紅茶。

*

放學後，去了那間空教室。

要是被老師發現，肯定又要被罵了。

然而，就算畫圖工具被拿走，只要有上課用的筆記本和自動鉛筆，我就能接近自己的夢想。雖然不知道這麼做有什麼意義，但是，不管其他人如何嘲笑，這對我而言都是重要的事。就算派不上用場，就算會帶來不好的影響，也不改變畫畫這件事在我心中的價值。

我坐在平常坐的位子，從書包裡拿出畫圖用的工具。接著，拿起書籤老師借我的漫畫，這是她自己的書。書籤老師說「田中同學一定會喜歡這套漫畫」。我還沒開始看，但是光看簡介就覺得好像很有趣，最重要的是，我很喜歡這個畫風，可以用來當自己畫漫畫時的參考。不過，直接拿出來看，要是被誰發現就不好了。老師用沉眠在職員室裡好多年、不知道是哪間書店的紙書衣把漫畫包起來。摸著這老舊紙張的觸感，思考今天要畫什麼。

「淚淚！」

這聲音使我心頭一顫。

回過頭，倉田同學站在門口。

我什麼都說不出口，倉田同學笑著走到我身邊。

「太好了，淚淚。妳今天有來。」

「那個……」

我低下頭，勉強發出嗚咽般的聲音。

「我……」

「怎麼了？」

「其實我的名字不唸 Ruiko……」

倉田同學站在我坐的那張課桌正前方。所以，低下頭的我只看得見她腰部附近。

「要唸 Tiara……」

「嗯。」

她嘻嘻一笑，我全身僵硬。

可是，倉田同學這麼說。

毫無芥蒂地。

「淚淚就是淚淚啊，在我心裡對妳的稱呼已經固定下來了。」

「可是……」

「嗯，我懂，因為我也差不多啦！很傷腦筋吧？父母擅自幫人家取這種浮誇的『閃亮亮名字』。」

「欸？」

我抬起頭，看著倉田同學。

「我也是啊，名字叫藍琉耶！朋友都叫我艾路，聽說是某個電玩遊戲裡的貓咪角色，真的笑死人了，不過我還滿喜歡的就是了。」

我眨著眼睛。

這麼說來，我好像從沒問過倉田同學叫什麼名字。

「藍琉……怎麼寫？」

「喔，就是藍染的藍，琉球的琉。聽我爸媽說，原本也考慮過相同發音的愛流，戀愛的愛，流水的流。哎呀，後來沒取那兩個漢字真的太好了，不然我的愛豈不是都要流光了。」

說著，倉田同學大剌剌地笑起來。

看我愣在一旁的樣子，她也不是很介意，好像想起什麼似的激動起來：

「對了，淚淚！我看完妳畫的漫畫了喔！真的超感動的啦！我啊，拿那種情節特別沒轍，半夜看得哭個不停！真的，妳看這個，真的很抱歉，原諒我好嗎？」

一邊連珠砲似的說著，倉田同學一邊將那疊影印紙拿出來。她一張一張翻，指著最後一張的頁角說：

「因為真的哭太慘了，眼淚不知道什麼時候滴在上面，結果這裡暈開了，我弄不回去……」

「呃……沒關係的……這份本來就是……特地影印給倉田同學看的……」

「真的嗎？真假？是喔，太好了……」

反覆這麼說著，撫著胸口像是鬆了一口氣。

我看著紙上她原本在意的那些淚痕。

「這部漫畫，真的很厲害耶！淚淚。欸，妳有在聽嗎？」

接著，倉田同學換上認真的表情說：

「總覺得啊，我能理解。那種毫無原因就被大家欺負的心情……現在我們班上也發生了類似情況……我朋友最近說，她覺得那樣還是不好，我原本不想被捲入糾紛，認為不要插手比較安全，可是，果然還是不行。如果換成自己的話怎麼辦？這麼一想，就無法裝作沒看見了。但是呀，我又不知能對那個女生做些什麼，我能做的事很少……」

就連說這些軟弱的話時，倉田同學的話都還是很多。我忽然覺得有點好笑，情不自禁噗哧出聲。「既然這樣——」我這麼說著打斷她。既然這樣，那就簡單了啊。

「簡單？」

「對那個女生，只要像對我一樣就好了。」

「像對淚淚一樣？」

她偏著頭，似乎不懂我的意思。

很簡單啊。

因為，被那樣對待時，我簡直高興得難以自己。

輕輕撫摸乾燥的指甲，當時的觸感漸漸盈滿心頭。我咬住嘴脣，閉上發熱的眼皮，張開顫抖的嘴巴。對，或許就是這種心情。

「幫她擦指甲油。」

「淚淚？」

為她施展妳的魔法。

因為那時的我，光是這樣就開心得不得了。

把這句話說出口的瞬間，所有淚水溢出眼眶滾落。

溫暖又溫柔的觸感，輕撫著臉頰往下滑。

「怎麼了？淚淚，妳沒事吧？」

沒事。

我沒問題的。

因為這個眼淚，是來自妳送給我的溫柔結晶。

這樣的眼淚，一定不是不好的眼淚。

我是因為非常開心，所以才哭的喔！

「欸，我可以叫妳艾路嗎？」

儘管狼狽，我仍問了出口。她向前傾身，正窺視著我的表情。

「怎麼突然這麼問，我們是朋友吧？當然可以啊！妳是怎麼了？遇到什麼討厭的事了嗎？可以跟我說啊，好嗎？」

「謝謝妳，艾路。」

滾燙的淚滴一顆一顆落下。

桌上放著老師的漫畫，淚水像融化一般，沾溼掩飾封面的書衣。

艾路，謝謝妳。

叫著她的名字，我這麼想。

就算會被輕蔑也好，就算會被說是無聊沒用的事也罷，我喜歡的漫畫和艾路的美甲，對我們而言，都是會為內心帶來溫暖的美好事物。同樣的道理，不管大家怎麼恥笑我，我的價值也不會改變。

既然如此，有朝一日，眼淚也會融化包住我表面的東西吧。

所以，直到那天來臨前，我要繼續在身上帶著這美麗閃亮的淚光。

像妳以魔法畫出的銀河與星光。

眼角帶著美麗的淚光。

總有一天，畫出打動人心的漫畫。

成為溫柔的人。

教室裡的書背

図書室

我的人生或許失敗了。

聽著那些歡樂的笑聲，打從心底這麼想。「一定沒問題」——已經厭倦如此毫無根據地鼓勵自己，所以，我只是咬著嘴唇，摩挲隱隱作痛的膝蓋。不能哭，不能承認自己有多慘，那種事是不被允許的。我抬起頭，在教室裡笑聲漩渦的中心找到星野同學的身影。她笑得很開心，那雙眼睛看著只能跪在地上的我，眼神中一點罪惡感都沒有。不只如此，她還拍手稱讚那個伸出腳絆倒我的某人。

為什麼會變成這樣？到底哪裡做錯了？明明再也無法重來了，還是忍不住自我檢討。我的未來會變成什麼樣子？

唯一清楚的只有一件事。

我三崎衿子的人生，已經走投無路了。

*

從小學起，我就是個非常神經質又膽小的人。

很怕音量大的聲音。

比方說，我時常回想起某一次全家去電影院看電影的事。離我們很近的位子，有個父親大聲斥喝自己的小孩。明明被罵的又不是我，一聽到那個人的大嗓門，我的心臟就不由自主縮起來。電影開始後，我始終處於「那個人會不會又大聲咆哮」的不安之中，情節內容完全看不進腦袋。結果，整場電影那個人都很安靜，看完之後還跟原本被他罵得那麼大聲的小孩一邊開心交換感想，一邊走出電影院。從頭到尾只有我一個人提心吊膽，爸媽還很疑惑，明明很期待來看這部電影的我，為什麼一臉沮喪。

正因為我是這樣的人，這輩子總小心翼翼地看別人臉色過活。不想激怒任何人，不想被任何人討厭。懷著這種不安的心情過日子非常痛苦，我一直很想呼吸得更輕鬆一點。

即使待在朋友的小圈圈裡，我也總是忐忑不安。怕誰會覺得無聊，怕自己說的話會傷害到誰。或許因為我這種待人處世的態度還不錯，從小到大沒缺過朋友，只是，我也知道自己沒有過人的才能，所以依然得看眾人臉色過日子。對流行不敢放鬆，這樣就算打進閃閃發光的圈子也不會顯得格格不入。別人說了什麼，我就用誇張的動作點頭表示同意，盡量大聲笑，凸顯自己的存在感。不主動提供話題，但對別人提供的話題迅速表示興趣，裝出很高興的樣子笑得東倒西歪。我一直以為自己做得很好。

可是，偶爾猛地冷靜下來，聽見自己的笑聲時，總覺得那好像是別人的聲音，和那些會嚇到我的噪音非常相似。我常陷入一股憂慮，擔心自己的笑聲會不會深深傷害到誰。

那是一年級時的事了。曾有一次理科分組，和平常不曾玩在一起的同學分到同組。另外兩個組員是經常一起行動的好朋友，因此，組裡只有那個同學顯得特別突兀，一副格格不入的樣子。因為是個文靜的女生，也難怪她無法融入我們的小圈圈。說不定，早苗和玲奈一開始也想跟那個叫佐竹的女生好好相處，才會用她們自己的方式跟佐竹同學說話，打算把氣氛弄得熱絡一點。話雖如此，她們講話的語氣聽起來也有點像在挖苦人，佐竹同學露出有點為難的表情。早苗她們不太會察言觀色，沒發現這樣會讓佐竹同學感到困擾。我則是一看她的表情就知道了，結果，反而是我難耐令人窒息的尷尬。

慌張之餘，我說了些想打圓場的話。因為太慌張，自己到底說了什麼，已經記得不是很清楚。只是，我真正想表達的是，就跟角色設定一樣，佐竹同學跟我們幾個的個性不同。雖然不小心講得太大聲了，但其實我只是想說，她們那樣會讓佐竹同學為難。

可是，聽到我說的話，早苗卻笑著回應：

「什麼角色設定啦！意思是說佐竹同學是陰沉角色嗎？小衿妳講話還真毒！」

早苗和玲奈一起發出哄堂大笑。

我明明不是那個意思。

然而，當下也只能做出討好的笑容。

急忙望向佐竹同學，和她視線相對。那時，只覺得自己心都涼了半截。佐竹同學用非常失望的表情看著我。

我傷到她了。

為什麼會這樣呢？

明明一直都在看別人臉色過活，為什麼總是不順利？

那次之後，佐竹同學和我幾乎沒有再說過話。我很想為那天的事道歉，卻沒有勇氣跟她說。所以才會得到報應吧？

誰不好惹，偏偏對星野同學犯下類似的失誤。

＊

抱著用布巾包住的便當盒走在走廊上，我無處可去。

得找個地方吃午餐才行。每天一到這時間我都很憂鬱，比起飢餓感，更難受的是胸口滿滿無法呼吸的窒息感。

該去哪好呢？站在走廊上張望，今天沒被任何人看見，應該沒關係吧。這麼說服自己，迅速閃進昏暗的多用途教室。要是開燈可能會被發現，所以就維持原狀，壓抑彷彿剛跑完一百公尺賽跑般劇烈的心跳，背靠在門上等了一會兒。

看來，這裡應該沒問題。

走到從門口不容易看見的桌子旁，放下手上的便當。得趕快吃完才行。可是，包便當的布巾打結打得太緊，沒法輕易解開。不快點不行，不快點不行。心中愈是焦急，手指愈不聽使喚。

好不容易打開布巾，紅色便當盒表面的光澤映入眼簾那一瞬間。

「啊——找到了，我們今天在這吃吧！」

電燈照得教室大放光明，一群女生笑鬧著走進來。她們很快就在我旁邊的桌上打開自己的便當盒。我身體僵硬，刻意不去看正談論某話題談得興高采烈的她們，默默低下頭。

一如預料，噗哧竊笑的聲音鑽進我的耳朵，說著令人不舒服的內容。

「為什麼她老是落單呢——」

「因為沒朋友吧？」

「妳去跟她講話嘛！」

「欸——沒朋友的人一定是自己人格有問題吧？」

「妳知道嗎？這種人就叫瑕疵品！」

「都上二年級了還沒朋友，我看她人生是卡關了啦——」

她們發出咯咯、咯咯的笑聲。

要是有不用雙手就能塞住耳朵的方法該多好。

一旦舉起雙手塞住耳朵，就等於承認她們傷害了我。也等於告訴她們，她們得逞了。換句話說，等於我自己承認輸了。

所以，我必須裝作沒有受傷的樣子才行。

人生卡關了。

這話形容得倒是沒錯。針對我的惡整持續一段時間後，我曾抱著求助的心情上網搜尋。睡前躲在棉被裡，或是躲在學校的廁所裡，一心想從無法呼吸的窒息感中逃脫，我上網搜尋「不用上學的方法」。

網路上有人說，如果上學那麼痛苦，就沒必要勉強去學校。可是，世間有更多反對這種說法的聲浪。他們說，只是不負責任地鼓吹不用上學也無妨的觀念，誰來保障那個孩子的人生？不去上學，出席日數不夠就上不了高中，未來可能沒有足夠的學識上大學。無法充分享受青春時代，帶著自卑感出社會是一件困難的事，很多人往往就這樣一直躲在家裡出不了門。真要說的話，該被阻絕於教室之外的是霸凌別人的孩子才對，變成是被霸凌的孩子必須逃走，未免太不合理了……之類的。我看著網路上這些文字，只覺心頭發涼。若是屈服於星野同學她們的欺凌，再也不來上學的話，我的人生說不定就會像這些大人說的一樣。

人生卡關了。

頭頂出現陰影，遮住電燈的光線。我嚇了一跳，抬起頭。

站在旁邊的，是正在窺視我便當盒的星野同學。

「咦？三崎同學，妳怎麼了？」

星野同學以嘲弄的語氣說：

「便當怎麼都沒吃？在減肥嗎？」

也不知道她說的話哪裡好笑了，那群女生像著火一樣爆笑起來。

我闔上便當盒蓋，用布巾包起來。

像逃難似的，奔出多用途教室。

「喂——？當我空氣？態度這麼差？」

背後傳來星野同學她們嗤笑的聲音，我跑過走廊。

眼看下午的課就要開始，沒時間讓我找個地方吃飯了。所以，我躲進廁所，關在其中一間裡，低頭看懷裡的便當。

今天也吃不下。

繼續這樣下去，媽媽會擔心的。

枉費她工作這麼忙，還特地幫我做便當。

不吃不行。

坐在馬桶上，打開便當盒。

在混雜了芳香劑與另一種令人不適氣味的狹窄空間中，我用筷子夾起一口飯菜送進口中。什麼味道都吃不出來，只引起一陣想嘔吐的感覺，嘴裡冒出酸味。媽媽平常做給我的便當是那麼好吃，都是我最愛的飯菜，現在卻差點被我吐出來，為什麼？滲出淚水，嘔了幾聲，再動幾下筷子，掉落的飯粒弄髒了裙子。

「欸，妳們有沒有聞到臭味？」

「誰在廁所裡吃飯啊？」

「哇，好髒！那種人的人生也太卡關了吧——」

聽著站在鏡子前的星野同學她們歡樂的聲音，我今天也把便當吃進嘴裡，再吐進馬桶沖掉。

＊

起因既無聊又單純。

星野同學和辻本同學一年級時交情本來還不錯，然而，從某個時期開始，星野同學開始對辻本同學冷嘲熱諷。辻本同學不太會察言觀色，又或者說，她個性比較大剌剌又少根筋，大概根本沒察覺到星野同學態度上的變化，反而是在同個教室的我們提心吊膽。在這種讓人坐立不安的氣氛中，星野同學的態度愈來愈冷漠，有一天，她更直接對辻本同學說了難聽話。她批評的是辻本同學的嗜好。辻本同學喜歡動漫角色，也會蒐集周邊商品，星野同學嘲笑著說，那是個噁心的嗜好。星野同學在班上說的話就是聖旨，只要她說噁心，誰也不敢反對。教室裡的大家都配合她，嬉鬧著表示贊同，這已經是班上的某種儀式了。我對這種儀式本來應該也很習慣，只要模仿強勢的同學，追隨受歡迎的同學，跟著大家哈哈大笑就好。因為自己毫無才能，只有這麼做才活得下去。我明明很懂這種生存之道，但那時看到即使臉上閃過受傷表情，依然試圖表現開朗的辻本同學，卻感到如坐針氈、渾身不舒服。

「嗯，那樣，好像不太好耶。」

或許應該還有更好的生存之道。

「怎麼？衿子，妳想幫優奈撐腰嗎？」

星野同學這麼說，露出宛如惡魔的笑。

隔天起，彷彿經過完美的彩排，我成為被嘲笑的那一方。如果辻本同學和星野同學同班，犧牲的或許只會是辻本同學。可是，不幸的是，和星野同學同班的人是我。從那天起，無論我跟誰說話都只被當成空氣，稍不留神就會聽見嗤嗤竊笑的聲音。那些鑽進耳朵、令人不舒服的聲音，慢慢變成侵蝕我身體的毒藥。

就從那時開始，我已經好幾天無法在學校吃便當了。飯菜雖然可以倒進馬桶沖掉，若身體出問題的話，媽媽一定會起疑心。別的不說，光是黃金週假期我沒跟朋友出去玩這件事，就已經讓媽媽覺得奇怪了。我現在的狀況可不能讓媽媽知道。

因為，根本說不出口。

怎麼能告訴她，您的女兒人生已經卡關了。

連續假期結束後的第一個午休，我一如往常地在校舍裡徘徊。原本以為假期過後，大家應該也會厭倦這種無聊事，不再排擠我。如此天真的期待，在早晨踏入教室那一刻瞬間就被打碎，依然針對我的嘲弄視線，無聲說明了這個遊戲還沒結束。所以，今天我也必須找個地方吃午餐才行。

怎麼辦？二年級學生知道的空教室，星野同學她們一定也找得到。可是，要是跑到一年級或三年級的樓層走廊上遊蕩，感覺未免又太難堪，我無論如何都想避免這麼做。可以的話，最好是那種出現二年級學生也不奇怪，又不太會被別人注意的地方。

為了尋求容身之處，我走在平常不會經過的走廊。一心只想找個人煙稀少的地方，走著走著就來到校舍一樓最後方、聽不到說話聲的走廊盡頭，安靜得教人懷疑這裡是不是根本就禁止進入。我幾乎沒來過這裡，沒記錯的話，上次來好像是因為國文課──

走廊盡頭有一間教室，門上掛的牌子寫著──

圖書室。

這裡或許沒問題。

戰戰兢兢伸出手，輕輕推開門。

圖書室裡很安靜。擺滿沉重的書架，還有一張大桌子。

聽到肚子發出咕嚕咕嚕的聲音，我從書包裡拿出便當。

「一定沒問題的……」

祈禱般如此低喃，雙手合十。

這麼一來，就不用再糟蹋媽媽做的便當了。

把冷掉的煎蛋捲送進嘴裡，雖然感覺不出美味，不過勉強能嚥下喉嚨，應該不至於吐出來。

可是，就在我才吃了幾口的時候。

「看起來很好吃的便當耶。」

突然有人這麼對我說，把我嚇得抬起頭。

現在在學校裡，只有星野同學她們恥笑我的時候，才會有人跟我說話。

所以，有那麼一瞬間，我還以為又被星野同學她們找到了。

可是，抬頭看見的，不是笑得不懷好意的學生，而是一位成年女性。我傻傻地看著這個戴眼鏡的女人。

「吃得津津有味的時候打斷妳真抱歉。」她這麼說。「可是，這裡禁止飲食喔。」

「對不起。」

我急忙低頭道歉。這個人大概是圖書室的老師吧？這麼說來，好像聽誰提過有一個叫書籤老師的圖書管理員。眼前的女人，應該就是那位書籤老師了。趁她還沒罵人，我趕緊蓋上便當盒蓋，用布巾包起來逃出圖書室。之後，肚子發出咕嚕咕嚕的聲音，像在提醒我，終究還是這樣。

不管到哪裡，我連吃一頓飯都沒辦法。

因為校園裡沒有我的容身之處，因為我的人生已經卡關，會有這種結果，說來也是理所當然。像電視劇或動畫裡描繪的那般享受青春時代的權利已經被剝奪，未來我只能在自己陰暗的房間裡上網活下去了。校園裡一時心血來潮的霸凌。就為了這種原因，我們的人生從此被奪走。

為什麼？

為什麼是我？

一切都無所謂了。

一想到未來，說不定趕快死一死比較好。

我爬上樓梯。既然要死，那就死在學校裡吧。這麼一來，星野同學她們對我做的壞事就會曝光。媒體挖出真相，電視新聞報導，說不定我就能用這條命換來她們的人生卡關。所以，一定要好好留下遺書，這是我唯一的復仇方式。問題是，我忽然發現，好像從來沒在電視上看到新聞報導霸凌者的名字，反而是校方澄清沒有霸凌事實的新聞更多。霸凌明明就是犯罪，世人卻站在霸凌者那一邊。這麼說來，即使我用盡全力抵抗，或許依然一點意義都沒有。果然是卡關了，不如早點無意義地死掉吧！

最經典的死法，一定就是從屋頂上跳樓自殺。在漫畫或動畫中經常出現這種情節。仔細想想，我還沒去過校舍屋頂，應該有樓梯可以通往比三樓更高的樓層，從那邊上去就行了吧？或許因為肚子餓的關係，爬上三樓時，已經氣喘吁吁頭昏眼花了。不過，我還是努力抬起腿往更高的樓層爬。

遺憾的是，通往屋頂的路被封住了。

並不是上鎖之類的狀況。通往屋頂的樓梯間，有超過一半的空間堆滿沒在用的舊桌椅，像障礙物一樣擋住我的去路，數量多到光靠我一個人絕對無法搬開。

站在樓梯間堆高的舊桌椅前，我真的無計可施。不過，樓梯間牆上有扇窗戶，桌椅沒有擋住這扇窗，鎖也在窗戶內側。吃力地將積了一層厚厚灰塵又生鏽的鎖扳開，再推開窗戶。只要用手抓住窗框，身體往外一探，應該就能跳下去了。即使不去屋頂，從這個高度掉下去也必死無疑。若能順利從這裡跳下去，肯定會引起眾人注意。這麼一來，只要確實寫好遺書，讓學校無法隱蔽事實，說不定還有復仇的機會。我從書包裡拿出筆記本和筆，這裡的桌椅都還能用，勉強從眼前那堆小山裡拉出一套桌椅。

可是，一坐上椅子，在桌上攤開筆記本的瞬間，肚子發出好大的叫聲。要死之前，好像至少該把便當先吃完。

在這個變成儲藏室的樓梯間，我坐在位子上打開便當盒。大概因為布巾已經鬆了，這次順利解開。用筷子把冷飯送入口中，好難吃。非常難吃，可是我依然為了填飽肚子不斷地吞嚥。溢出的淚水讓我什麼都看不見，也使便當嚐起來只有鹹鹹的味道。

填飽肚子之後，情緒反倒冷卻了些。看看手錶，下一堂課就快開始。今天好像還是放棄自殺比較好。因為，上課中可能誰也不會注意到有人跳樓，這樣無法達到足夠的震撼效果。再說，現在剛吃完便當，撞擊地面時身體裡說不定會迸出各種難看的東西。我可不想這樣。

所以，沒辦法。

今天先中止作戰計畫吧。

我開始往樓下走，走到三樓走廊上時。

「啊、剛才的女生。」

劈頭就聽到這個聲音，圖書室的那個老師好像剛上三樓，不知是否正要趕著去哪，又或是因為她老是在看書沒有體力，感覺有點上氣不接下氣。

我像做了壞事被發現一樣，輕輕點個頭就想離開。

「等等、等等。」

可是，老師叫住了我。

什麼事呢？難道是為了我在圖書室吃便當的事記恨到現在？

「請問有什麼事？」

「不用這麼害怕。」

老師推了推眼鏡，笑著說。

「我不會罵人的。妳的便當吃完了嗎？」

我點點頭。

「這樣啊，那太好了。」

老師微微一笑，然後歪著頭問：

「妳好像不太常來圖書室？」

「頂多是去找寫作業要用的指定書籍。」

這樣啊。老師點點頭，望著我胸口的名牌說：

「我跟妳說，雖然圖書室禁止飲食，但三崎同學隨時都可以來看書喔！」

「我又不看書。」

「為什麼？」

「哪有什麼為什麼？」

「不看書也可以來喔！來溫書準備考試，或是看漫畫——啊、看漫畫應該也算閱讀吧。」

「可以看漫畫嗎？」

「不能跟別人說就是了。」

再次微微歪頭，老師像在說什麼祕密似的。

「我會再想想看。」

說完，我就開始往樓下走。

不快點下去，會趕不上上課時間。

仔細想想，這個念頭或許很可笑。

剛才明明還那麼想死，現在竟然擔心趕不上上課時間。

「下次見囉！」

背後傳來書籤老師的聲音。

＊

隔天，我還是在那個樓梯間吃了便當。

或許因為是個不起眼的角落，星野同學她們沒有出現。我想，這裡或許是安全的地方，但是有個新的問題，那就是——在這裡很快就把便當吃完了，午休剩下的時間不知道該做什麼才好。

雖然也可以繼續待在這狹窄又陰暗的樓梯間，但實在太無聊，我忍不住走下樓。記得昨天進入圖書室時，好像看到書架上放著一本熟悉的流行服裝雜誌。

我走進圖書室，穿過安靜的空間。和昨天一樣，有幾個圖書股長和看似來用功唸書的人，偶爾能聽見輕聲細語，除此之外整個場所可說鴉雀無聲。這裡和動不動就為了一點小事嘲笑我的教室完全不同。

昨天的記憶沒錯，書架上果然有那本青少女服裝雜誌，我把它拿下來。雖然覺得圖書室裡放這種東西真奇怪，但或許是因為有那個莫名其妙說看漫畫也沒關係的老師在的關係吧。提不起勁看小說或漫畫，幸好還有服裝雜誌。盡可能找了不起眼的角落位置，翻看雜誌打發時間。

以前還會看這種雜誌研究適合自己的髮型，每天整理好瀏海才出門上學。真懷念那時的自己。現在的我已經沒有力氣做這種事了，花時間打扮也不會有人稱讚，只會換來嘲諷的視線，像是在說「妳少在那裡得意忘形」。

或許因為如此，雜誌上沒什麼吸引我的內容。無論是可愛的服飾還是推薦的電影，總覺得一切都在我伸出手也觸摸不到的世界，也就無心去看那些說明小字了。

心接收不了任何東西。

沒有雀躍興奮，也沒有怦然心動。

幾乎差一點就要嘆氣。內心深處有什麼湧上喉頭時，食道附近一陣緊縮，感覺好痛苦。

「妳來啦。」

背後傳來輕聲說話的聲音。

抬頭一看，書籤老師站在旁邊。

手上抱著幾本看似很重的書，眼睛朝我攤在桌上的雜誌望過來。

「妳有好好在閱讀嘛！」

一陣難為情，我闔上雜誌，疑惑地問：

「這也算閱讀？」

「對啊。」

老師說得一副理所當然。

「只要打開書，就是閱讀。」

像這種滿滿彩色照片，印在上面的字不是閃亮亮就是做出各種彩色效果的膚淺雜誌，對老師來說也算閱讀。這個大人怎麼這麼隨便。

「還是說，妳想讀小說看看？」

書籤老師這麼問，我搖了搖頭。

「我討厭小說。」

「欸！」

老師露出一副大吃一驚的模樣，眼睛眨了幾下，身體倒退兩三步。連反應都很孩子氣。

「那漫畫呢？三崎同學喜歡哪種漫畫？」

「我也不太喜歡看漫畫。」

「咦，是喔？哇，真特別，好難得耶。」

「我不太閱讀。」

「是喔，只要是故事就不行嗎？」

書籤老師語帶遺憾，不知什麼時候把抱在懷裡的書放在桌角上。
「故事是個好東西喔！可以從中體會到各式各樣人的心情，自己的心也會變得溫暖起來。」
看來，老師似乎是想勸我閱讀。既然是圖書管理員，會這麼做也是理所當然的事。話說回來，就算壓低了聲音交談，身為圖書管理員的老師在這裡吱吱喳喳聊個不停好嗎？我都替她擔心起來。
「我不喜歡故事。」
「為什麼？」
「因為——」
我低垂視線。
眼神落在閃亮雜誌封面上笑容可掬的女孩。
「因為我……不一樣。」
「不一樣？」
我嗤之以鼻地說：
「故事和現實差太多了啊！主角要不是有特殊才能，就算自己什麼都不會，至少也有夥伴和朋友……」

和我實在相差太多了。

我也不是從小就討厭閱讀。

我家一直都是雙薪家庭，爸媽經常工作到很晚才回家。他們或許認為與其讓我一個人在家打電動，不如帶我去書店。上小學高年級後，我也會拿起不是寫給小孩看的小說或改編成動畫的輕小說來看。

故事裡散發青春光彩的世界，感覺很美好。情節總是女主角和優秀的男生談戀愛，受到大家喜愛，和夥伴攜手團結克服困難。無論過程多辛苦、多痛苦，讓人看得手心都是汗，只要繼續讀下去，最後一定會得到救贖。有時前往異世界冒險，有時與妖魔戰鬥，有時解開世界的謎團，總是看得我心跳加速。

可是，有一天，真的是非常突然地，我察覺到一件事。

和故事裡的角色比起來，我自己又是如何？

闔起書本，朝鏡子裡望去，映在那裡的只是一個神經質、沒有任何才華的普通女生。嚮往故事裡的青春，整天只是跟在別人屁股後面打轉，拚命看那些有才華的朋友臉色，這樣的自己，只不過是個無聊到了極點的人。

不久前為了寫讀書心得報告而看的指定書籍也是如此。主角懷抱夢想，充滿熱情，還能談一場酸酸甜甜的戀愛，心情受到挫折時，朋友們也會支持她。我卻不是這樣。在教室裡被當空氣，不被允許和任何人在一起。為什麼我就不能像書裡的角色那樣？為什麼只有我不一樣？故事與現實的差距擺在眼前，只會讓我痛苦不堪。

憑什麼教室裡嘲笑我的大家，都可以擁有那麼鮮活亮麗的青春？

「再痛苦的故事，最後一定會有人來拯救主角，這在現實中是不可能發生的事。讀那種東西又能怎樣？」

「或許吧！」

老師一邊同意我脫口而出的抱怨，一邊露出有點苦澀的笑容。

「的確，現實和故事不一樣。現實生活中不順利的時候比較多。不過，如果希望有人幫助自己，就得自己先發出聲音求助才行。」

就算我發出求助的聲音，也不會有人來救我。

吞下不痛快的心情，從老師身上轉移視線。

「可是啊，這個世界上，還有很多故事跟三崎同學以為的不一樣喔！」

真的嗎？我用懷疑的眼光看老師。

書籤老師抬頭挺胸，一副自豪的樣子說：

「妳不相信對吧？不然這樣吧，三崎同學說說妳想讀什麼樣的故事，老師一定能找到。」

「真的嗎？」

「我可是學校的圖書管理員啊！」

老師說得很有把握，表情看上去卻有點幼稚，實在不太可靠。不過，我要是什麼都不說，看來她是不打算離開了。問題是，忽然要我提出自己想讀的故事，我也很為難。

「不想讀的故事，我倒是說得出來。」

聽到我這麼說，老師臉都亮了，身體積極往前傾。

「沒問題，那樣也行。」

我像被刺眼的陽光照到，微微皺起眉頭。

彷彿在找從老師身邊逃開的藉口似的，我斷斷續續地說：

「不想看戀愛故事。」

我又談不成戀愛。

「講社團活動的也不行。」
反正我也沒有機會在社團活動裡努力。
「最好不要出現與友情相關的情節。」
因為我根本沒有朋友。
「還有，主角最好是國中女生。」
怎麼可能有這樣的故事？
我只是想讓老師知難而退。
但是，書籤老師偏著頭想了想，接著開口說：
「沒問題，這樣的話——」
原本雙眼炯炯發光，正打算說什麼時，忽然又閉上嘴巴。
她露出頹喪的表情：
「抱歉，我想不出來。」
剛才還說得那麼有把握，結果卻是這樣。
不過，這也是意料之中的事。
像我這樣的人，怎麼可能成為故事的主角？

真要說的話，小說都是大人寫出來的東西。大人最擅長讓小孩子看他們寫的東西了。大人想讓小孩子看的東西大概都差不多，所以，故事主題不是友情、努力，就是戀愛。寫小說的人從來無法體會做不到那些事的人的心情。

「可是，不用擔心。」

書籤老師又擺出一副自信十足的樣子這麼說。

「妳等一下喔。」

說完，她往書架另一端走去，跑進櫃檯裡的職員室了。

不多久，她又帶著一本筆記本回來。

「鏘鏘——」

老師依然一臉得意，把那本筆記本遞給我。

「這是什麼？」

我看得有點傻眼，這麼問她。

「是〈推薦分享筆記本〉喔。」

不用她說我也知道，因為筆記本封面上就用彩色筆寫著這行字了。

「只要在這裡面寫上自己想看什麼內容的書，看到這本筆記本的人就會幫忙推薦符合條件的書。不只我，圖書股長們和來圖書室借書的人都會幫忙。啊、當然可以不具名，放心吧。」

老師一邊翻開筆記本，一邊這麼說明。

裡面有各種字跡，寫著想看怎樣的書或正在找某種類型的書等問題，看上去，每個問題下面都寫著密密麻麻的解答。

「就算老師想不出來，或許有人能找到三崎同學想看的書喔！」

「沒關係啦，我也沒有很想看。」

我覺得有點麻煩。

「欸，寫一下嘛，寫一下就好。不用寫名字也無所謂，光是這樣就有可能得到有趣的書或找到自己想看的書，絕對划算的啦！」

這個老師好像是個死纏爛打的人。

我嘆口氣，把那本筆記本拿過來。

「只寫一點點喔。」

「太好了！」

也不知道她在開心什麼，老師語氣興奮地大喊。

連我都想跟她說「在圖書室內請保持安靜」了。
接過書籤老師遞來的筆記本和原子筆。
在許多留言後面的空白處，寫下剛才跟老師提出的同樣內容。
既不認為會找到我說的這種書，就算有，也不可能有人會讀那種書吧。可是，從筆記本前面的內容來看，所有提問都有人回答。
「大家也真勤勞，連這種東西都回答得這麼仔細。」
我一邊翻頁，一邊這麼嘟噥。
「因為啊，如果有人能讀自己喜歡的書，是一件非常高興的事喔！」
是這樣的嗎？
「喜歡上一樣的東西，彼此交換心得感想，這樣的時光真的很幸福。在這廣闊的世界上，能遇到跟自己擁有相同感受力的人，這就是閱讀的醍醐味。」
聽著書籤老師喜孜孜的話語，我闔上寫好的筆記本。沒有真的那麼期待，但是，稍微想像了一下，不知道會是誰看到我寫的這些話呢？

＊

每天在學校裡最難受的時間，就是兩堂課之間的十分鐘。

這短短的下課時間，無法逃到其他地方去，只能勉強忍耐度過。

今天我採用了裝睡的方式。摀住耳朵不聽女生們興奮高亢的聲音，緊閉雙眼，額頭壓在桌面上忍耐。不久前，那些熱鬧的聲音對我來說還是家常便飯，現在卻像大卡車的刺耳喇叭，磨損、壓扁我的心臟。再五分鐘，再忍耐五分鐘就好，正當我這麼說服自己時，「啪嗒」，一個奇怪的聲音出現在我臉旁邊。

驚訝抬頭，看到我原本趴著的課桌上，掉下一隻咖啡色的噁心長腳蟑螂。

全身竄過一陣惡寒，不假思索發出哀號，坐在椅子上直接往後退的我以難看的姿態跌倒，一屁股坐在地上。瞬間，整間教室爆出哄堂大笑。大家笑得好開心、好幸福、好高興，對我指指點點充滿鄙視。好多手機對著我，將我窩囊哀號的模樣大肆上傳到社群網站散播。桌上的蟑螂只是玩具假蟑螂，掉在桌上就不動了。

耳邊傳來女生們的聲音，有人說「她是笨蛋嗎？」，有人說「看到她的表情沒？笑死人了！」我抱著劇烈跳動的心臟衝出教室。一個跟我擦身而過的女生不懷好意地低聲說：「妳要去哪？嚇到尿褲子啦？哇，好髒喔！妳不要再來學校了好不好？」

這種事過去也常發生。大家用手機拍欺負我的情形，上傳到只有親近朋友進得去的社群網站分享。有一次，她們惡整我的影片被老師看見，星野同學跟老師說，那只是交情好的朋友在玩把各種反應剪輯成影片的遊戲。老師輕聲唸了她們「這種事拿到校外去做」。我什麼都沒說，像以前還跟大家玩在一起時一樣看眾人臉色，堆出笑容。要是我敢跟老師說什麼，一定會被整得更慘，星野同學她們笑著望向我的眼色說明了這點。

所以，好不容易熬過這些時刻，終於來到午休時間，對我而言才真正可以放心休息。

在那個樓梯間，那個遍布塵埃的空間裡，我蜷著身體，把無滋無味的飯菜放入口中。媽媽做的便當原本是那麼美味，我卻已經很久都吃不出味道了。不過，只要沒吐出來就好。可惜辜負了媽媽百忙中抽空為我做的便當，明明很好吃，我卻無法好好品嚐。真想跟以前一樣，和誰一起吃便當，交換彼此的便當菜，聽大家稱讚「小衿的媽媽手藝真好」，聊些無聊的話題，度過快樂的午休時光。

為什麼，只有我。

為什麼，為什麼。

以為來這裡就能放心休息，眼睛深處卻像沸騰般發熱起來。

「咦？有誰在這裡嗎？」

事情來得突然。

聽見那個聲音，我嚇得差點發出驚叫，縮起肩膀。星野同學她們的魔爪終究伸到這裡來了嗎？這麼想著，我一邊害怕地聽著上樓梯的腳步聲，一邊戰戰兢兢地朝階梯的方向看過去。

「咦？是三崎同學啊。」

眼鏡底下的眼睛眨啊眨的，沿著樓梯走上來的人，是書籤老師。

老師像遇到意想不到的人似的，驚訝地抬頭看我。我更是不知道怎麼會發生這種事，只能從樓梯間低頭俯瞰老師。

「啊、三崎同學該不會是在這裡吃便當吧？內行喔！」

老師以少根筋的語氣，若無其事地這麼說。

仔細一看，她手上也拿著粉紅色的塑膠便當盒。只見老師毫不客氣爬上樓，把她的便當盒放在我對面的桌角上。我張口結舌看著老師的動作。她又從堆積的桌椅中拉出一把椅子，放在我坐的椅子旁。

「就知道除了我之外，還有人來這裡。老師也跟妳一起吃好嗎？」

來不及回答，老師就在身邊坐下了。我們圍著課桌，打開便當盒。

「老師，妳為什麼會來這裡？」

我好不容易發出聲音這麼問。

「什麼為什麼──」

老師打開便當，歪著頭「嗯……」了一聲。

「因為老師有時也會想自己獨處啊！」

她雙手合十，閉上眼睛。

嘴裡說「我要開動了」。

接著，又看我一眼笑出來。

「啊、三崎同學妳別管我，吃吧吃吧。」

「喔……」

「妳也知道，職員室都被圖書股長們占領了啊！她們有點吵，其實我比較喜歡安靜點的地方。所以，偶爾會來這裡吃飯。三崎同學呢？」

「我──」

我該怎麼回答才好。

拿著筷子，低頭看媽媽做的便當，飯菜沒減少太多。

「我也喜歡安靜的地方。」

「這樣啊。」

老師笑了。

「那我在這邊打擾妳了嗎？覺得吵嗎？」

「不會啦，沒關係。」

「太好了。」

老師顯得很高興，夾起香腸吃，我也被她感染，慢條斯理動起筷子，把吃不出味道的煎蛋捲送入口中咀嚼。

「這裡安靜又平靜，是個好地方呢！」

「老師，妳也常來這裡吃飯嗎？」

「偶爾啦。」

書籤老師有點不好意思地點頭。

「總覺得，滿意外的。」

「會嗎？我挺喜歡這種地方的。讀國中的時候，甚至還常在鬧鬼也不奇怪的地方吃飯呢！因為在那裡可以吃飯配漫畫，不用擔心被老師罵。」

她一臉悠哉地笑起來。

這副模樣讓我有點火大，不希望自己跟那種原因混為一談。像老師這樣受歡迎又開朗的人，怎麼可能理解我的心情。

我才不會為了那種無聊的原因就落單。

「三崎同學，推薦書的筆記本，有人回妳了嗎？」

看我默不吭聲，書籤老師又這麼問。我搖頭回應。後來我有去確認過一次，還沒看到誰回覆我提出的問題。

「這樣啊……」老師好像很遺憾，抬頭看著天花板說：「畢竟妳提的條件很冷門，會看那種書的人可能不多吧！」

接著，老師睜大眼鏡下的雙眸，凝視我說：

「妳還是很討厭跟自己差太多的故事內容嗎？」

她這麼問，我點點頭。

「因為……」

低下頭，我想起虛構的故事裡描繪的，那些和我差不多年紀的女生。她們擁有和自己站在同一國的朋友，能一起歡笑度過閃閃發光的青春時代。就跟教室裡那些恥笑我的人一樣，她們都能順利長大，經歷戀愛的過程，實現夢想，過幸福的人生。

然而，我卻——

腦中閃過的，只有「這種日子還要持續到什麼時候」。

故事都有結局，主角也會得救。讀者可以相信這點繼續讀下去，然而我所活著的現實生活卻不保證一定如此。就算忍耐熬過當下，我也不認為自己能談戀愛或實現夢想。我這種人只會成為社會的包袱罷了，總覺得等著我的，是那樣的未來。

「對未來感到不安嗎？」

書籤老師歪著頭問，彷彿這是個非常重要的問題。停下吃飯的手，把筷子擱在便當盒邊緣。我的視線從她身上往下挪，落在那雙搖搖欲墜的朱紅筷子上，點點頭。

「這樣啊、這樣啊……」

過了一會兒，老師說。

「這或許是現代故事的問題也說不定。讀著讀著忍不住就會拿自己的人生和故事裡的角色相比。老是看那些光明燦爛的耀眼故事，再對照自己……就會有點沮喪。這種心情，老師也懂。」

「真的嗎？」

「是啊。比方說啊，老師在讀到描寫十幾歲主角的小說時也會心想，啊，真希望自己十幾歲的時候也能像她這樣，為什麼我就沒辦法呢？有時也會因此覺得懊悔或難過。」

書籤老師十幾歲時，過著怎樣的生活呢？老師看著窗戶上那片太陽照不太進來的毛玻璃，我凝視她的側臉。眼鏡下的雙眼好像有點畏光似的微微瞇起。然後，那雙眼睛轉向我，老師又笑起來。

「不過啊，這是很正常的事喔！畢竟小說故事都是虛構的，沒必要拿來跟自己比啊！一定要擁有開心燦爛的青春時光才行嗎？就算不曾有過美好的青春時代，我們還是能活下去。因為，誰也不知道等著自己的會是什麼樣的未來啊，不是嗎？」

是這樣嗎？

像我這樣每天自己一個人吃午餐，活在眾人嘲笑視線下的人，也能期待未來，也有活下去的價值嗎？

我實在不那麼認為。

「像我這樣的人，就算長大也不會是什麼像樣的大人，這點不會改變的啦！」

我語帶反感地這麼叨念。

「沒問題的。」

可是老師卻用那種堅信著什麼的語氣，笑容滿面地說：

「連老師都能成為像樣的大人了。」

但我認為，自己和老師未免差太多了吧。

只是，面對這個少根筋的老師，不管怎麼反駁都沒用，我只好默默夾起便當盒裡早就冷掉的炸雞塊，默默放入口中。

＊

花了好幾天時間，寫在筆記本上的問題才得到回應。

連這幾天都等不及，或許表示我真的對那本筆記本太期待。

放學後，我一如往常去了圖書室。最近放學之後，我每天都來圖書室消磨時間。雖然頂多就是翻閱無聊的雜誌，可是就算回家，等到媽媽回來都很晚了，我實在不想連在昏暗的家裡都落單。與其那樣，不如在這裡看雜誌，偶爾那個多話的老師還會跑來跟我聊天，這樣也不錯。看準櫃檯裡沒人，我走過去拿起放在櫃檯上的那本筆記本。

今天會不會有收穫呢？懷著不安與期待交織的心情翻開頁面，在我提出的問題下找到回答的文字。

小巧工整的字跡，舉出了兩本作品。

我很意外。

憑著那麼亂來的條件，竟然還能舉出兩本書。

這部作品非常不起眼，但絕對符合你的喜好。短篇集很好讀，是我自己非常喜歡的故事。不過，並非所有主角都是女生，也有以男生為主角的故事，唯有這點請注意。

引起我興趣的，是對方舉出的第一本書。介紹文裡寫著「非常不起眼」，我欣賞這麼寫的品味，字裡行間透露出一股莫名其妙的自信，文筆傳達出推薦者的熱誠。書名也讓我感到親切，滿懷期待地想，說不定連我這樣的人都能看。

偷偷拿出智慧型手機，拍下筆記本的內容，也做了筆記。接著，我在書架之間走來走去，想找出那本書。放在哪裡呢？打算從作者的名字開始找起，就去找了以「ＳＥ」開頭人名的文學書架，只是怎麼找都找不到。

「妳在找什麼？」

在其他書架旁晃來晃去時，跟正在把書本放回書架的書籤老師四目相接。

出示手機讓她看剛才拍的照片。

就算看到我在校內使用手機，書籤老師也沒有生氣，而是用手扶著眼鏡框，確認上面寫的書名。

「我在找這本書，但圖書室裡好像沒有。」

「不，應該有喔！」

「可是，按照作者姓名縮寫找不到。」

「妳找過『ＴＩ』開頭的嗎？」

「咦？」

「那是個破音字，不容易看出來就是了。」

老師笑著這麼解釋。

「在這邊喔！」
我們在發出霉臭、光線照不到的書架間悄悄移動。
書籤老師單手指著插在書架上的那本書。
「有了，在這裡。」
說著，她就把手縮了回去，意思是要由我自己抽出來吧。
大量書本把書架塞得滿滿的，書看起來都快不能呼吸了，我從裡面抽出那本書。
看了封面，有點後悔。
封面設計很不起眼，感覺是大人喜歡的文學書，我擔心自己是否讀得下去。可是，書籤老師卻像看穿我心思似的，微微一笑道：
「沒問題的，這本很容易讀，是本好書喔！」
拿著書，我回到每次坐的安靜座位。
打開書心想，姑且讀幾頁看看吧。
以前我每次看書就會陷入討厭的心情。眼睛在文字上滯留，詞彙的意思怎麼也讀不進腦袋。花了一點時間才前進到下一頁，不過，一旦找回讀書的節奏，這本書的內容確實優美又容易閱讀，不知不覺中，我沉迷於故事情節，讀到忘了時間。

這是一本非常平淡的作品。

第一個短篇的主角，是個什麼都沒有的女生。朋友很少，也沒有在談戀愛，更沒有什麼專長。沒有不為人知的才華，沒有投入社團活動，只有枯燥乏味的無聊日常，也沒有出現什麼人將她從這無聊的日常中拯救出去。但是，她的心事卻自然而然打動了我的心。

有那麼一點點覺得，她很像我。

所以，這並不是一個亮眼的精彩故事，也沒有教人忍不住期待的後續情節。只是，主角的每一個心情我都似曾相識，她說的每一句話也都深得我心。

如果是這樣的書，我或許能看得下去。

我看書的速度算慢的，因為讀到喜歡的文章段落時，喜歡在嘴裡反覆默唸好幾次。就像哼唱喜歡的歌曲，眼睛追著滲入心頭的文字，是一件比我想像中還更舒服的事。

鐘聲響了，意識這才被拉回現實。

我想把這本書借回去看。

除了課堂需要的指定書籍外，這還是我第一次在圖書室借書。

我帶著書，走向借書櫃檯。
接著，忽然察覺一件事，感覺尷尬了起來。
有個女生坐在櫃檯裡。
手放在桌面上托著下巴，強忍著不打呵欠的那個女生，是一年級時曾經同班過的佐竹同學。因為我的不善言詞，曾經說話深深傷害過她。
猶豫著是否該打退堂鼓，四下張望又沒看見書籤老師，如果現在不請佐竹同學幫忙，就無法借這本書回家了。
「請問……」
我一開口，佐竹同學好像也察覺我是誰了。
先是露出驚訝的表情，接著又顯得有些尷尬。
「我想借書，該怎麼做才好？」
「咦、啊、呃……」佐竹同學一副覺得麻煩的樣子。「這樣的話，請把要借的書跟學生證給我——」
看到我遞出的書，佐竹同學話說到一半就停住了。
「那本……」

怎麼回事，她的態度很奇怪，令我不安了起來。會不會這本書其實不能借，書籤老師忘了告訴我。

「不能借嗎？」

「呃……我不是那個意思。那個，原來是三崎同學啊。」

「那個？」

「呃，就是……那個。」

佐竹同學指著放在櫃檯上的那本筆記本。

推薦分享筆記本。

我終於明白佐竹同學的態度所為何來。

「啊、抱歉，那個……推薦這本書的，是我。」

「原來是這樣啊。」

莫名一陣難為情，我也不知道該繼續說什麼。

該如何回應才好呢？

「給妳。借書的期限是兩星期喔。」

在我不知所措的時候，她已經幫我把借書手續辦好了。

我出神地接過那本書。

然後，佐竹同學對我說了一句話。

雖然感覺有點猶豫。

「如果可以，想聽聽妳的心得。」

我覺得，這或許跟結痂很像。

明明就快癒合了，痂皮卻一直留在傷口上不掉，指尖不經意摸到，就會有點刺痛的感覺。明知碰到底下的傷口會很痛，有時卻會忍不住想把痂皮剝掉，受傷時的記憶在腦中復甦。

那個時候，受傷的或許不只有她，我也一樣。

希望佐竹同學已經不介意當時的事了。如果她還介意的話，希望有朝一日能有機會向她道歉。

這個機會，或許就在不遠的將來。

「嗯。」

把書抱在胸口，我對佐竹同學那句話輕輕點頭。

＊

也不知道為什麼，書籤老師不時會出現在那個暗暗的樓梯間。雖然不是每天，但她也會帶著裝了便當盒和水壺的手提袋，笑咪咪地跟我一起坐在樓梯間的舊桌子旁吃午餐。

或許她覺得總是一個人在這裡吃飯的我很可憐，擔心我也說不定。可是，被霸凌的事要是讓老師知道，她一定會告訴媽媽。只有這點非得避免不可。

「我是自己喜歡才在這裡吃飯的喔！妳不用擔心我沒關係啦。」

冷淡地這麼一說，書籤老師卻用滿不在乎的語氣回應：

「我不是說過嗎？職員室裡那些圖書股長們太吵的時候，我也會在學校裡到處流浪，找地方一個人吃飯呀。這裡就是我中意的地方之一，真要說的話，我可是先來的前輩。」

第一次在這裡遇到老師時，她好像也是為了來這裡吃遲來的午餐。換句話說，反而是我搶走了老師的棲身之處。

「雖然討厭吵鬧，一個人又有點寂寞，兩個人剛剛好呢！」

我俯瞰下方，喃喃地說「或許吧」。夾起便當盒裡的煎蛋捲，放入口中。媽媽最近似乎改了調味，雖然已經涼掉了，吃起來不只鹹味，還久違地嚐到了甜甜的滋味。

一邊吃午餐，一邊和書籤老師聊天。或許因為她是圖書室的老師吧，話題自然而然提到了書本。

「那本書怎麼樣？看完了嗎？」

「還沒，我看書比較慢。」

我低下頭回答，用筷子夾菜。也不知道為什麼，事到如今居然害怕她以為我對閱讀沒興趣，急忙又補充了一句：

「那個……總覺得太快看完……很可惜。」

「這樣啊、這樣啊，我懂妳的意思。對啊，喜歡的書看完時，心情會很落寞呢！好書就該慢慢品味。」

我又還沒說自己喜歡這本書。

「老師，妳喜歡什麼樣的故事？」

這麼開心表示同感的老師，平常都看什麼樣的書呢？我忽然有點好奇。

「欸，嗯——我喜歡的故事啊……」

盯著昏暗的天花板，老師思考了一會兒。

「小說的話，應該還是推理小說吧。」

「推理小說？妳喜歡殺人事件喔？」這意外的答案令我皺起眉頭。「老師竟然喜歡那種血腥的東西，真沒想到。」

老師也皺起眉頭，一副不以為然的樣子鼓起臉頰。

「才不血腥呢！殺人事件我也不太喜歡啊。」

「有不是殺人事件的推理小說嗎？」

我這麼一說，老師就笑著凝視我：

「當然有，很多喔。」

在這昏暗的地方，只有從窗戶照進來的微弱陽光打在老師臉上。總覺得，她的眼睛也發出閃亮的光芒。

「世界上有很多不死人的推理小說，老師喜歡的是那種。」

我不太能想像，就這麼問她：

「那種小說哪裡有趣？」

「很有趣啊！老師喜歡的故事裡登場的人們會注意到日常生活中發生的小事，一發現想不通的地方，就會不斷思考為什麼會這樣、為什麼會那樣。正因如此，當身邊有誰遇到困難或陷入痛苦時，他們總能第一個察覺。可是，不只限於故事，在我們生活的世界上，這也是非常重要的觀點，妳不覺得嗎？老師喜歡的故事，教會了我這個寶貴的道理。」

什麼啊，我好像有點懂又不太懂，真是奇怪的說明。

「可以從故事裡帶回家的東西很多，希望三崎同學也能找到。」

從故事裡帶什麼東西回家，這句話的意思我不是很明白。怎麼說呢？就算能從故事中找到什麼帶回家，那又能有什麼幫助？能拯救現在的我嗎？比方說，能讓星野同學她們受到教訓，或是能挽回我一落千丈的成績，讓我考得上高中和大學，重拾光明未來嗎？

區區書本裡的故事，能扭轉我落魄的人生嗎？怎麼可能。

「對了，三崎同學，不嫌棄的話，要不要收下這個？」

說著，老師不知道從哪裡拿出一個金色的奇妙飾品。

對，我以為那是飾品。那是一個閃耀金色光芒的細長棒狀物，末端像眼鏡架一樣呈現彎彎的弧形，一個花朵形狀的墜飾就掛在那邊。乍看之下，很像髮簪之類的東西。不過，棒狀部分是扁平的。

「好美……」我接過這東西，眼神落在花朵墜飾上閃閃發光的藍色小寶石。「好亮，不過，這是什麼？」

「書籤呀，Bookmarker。做這個是老師一點小小的興趣。」

「咦？這個是老師妳自己做的？」

「對唷。」

我驚訝地抬起頭，老師像個小孩子一樣露出得意洋洋的表情。或許因為這樣，大家才叫她書籤老師吧？老師的表情有點滑稽，我忍不住笑起來。老師也笑著說：

「書籤，是一個記號。以前的人為了不在山裡迷路，會折下樹枝作記號，這就叫做『枝折』，聽說是書籤的語源喔[9]。」

「是喔——」

我高舉那小小的金色樹枝，放在窗外照進來的微弱光線下。

「為了讓三崎同學不要迷路——不、迷路也無妨。希望妳能拿著這個閱讀，這樣老師就很高興了。」

花朵形狀的墜飾輕輕搖曳，我一邊凝視它在光線照射下熠熠發光，一邊恍惚聽著老師說的話。

愈來愈覺得，太快讀完很可惜。

拿著老師給的書籤，每天花上幾個小時，我慢慢地讀著這本書。讀這本平淡的書，對我而言就像小小的慰藉。

*

「真是的，人生都卡關了，幹嘛還來學校呢？」

「是不是不知道自己已經是瑕疵品了啊？」

在教室裡承受這些冷言冷語，或是被當成空氣，覺得心快要撐不下去的時候，只要去那個昏暗的樓梯間，或來圖書室一角安靜地看這本書，就算只是片刻也好，我就能夠轉移注意力。

9 譯註：日語中「枝折」發音和書籤一樣，都是「Shiori」。

故事裡的角色們，都有著某些與我相似的地方。書裡的主角，沒有一個是星野同學她們那種開朗耀眼的女生。我以前所有看過、讀過的電視劇，或是動畫卡通、漫畫和電影裡出現的女生，都跟嘲笑我的星野同學她們一樣，是「擁有什麼」的人。有的人擁有備受喜愛的特質，有的人是擁有某種專注投入的特長。我一直認為，什麼都沒有的自己，沒有資格度過青春時代，因為我在那些故事裡，從來沒有看見過自己。

可是，這本書裡的人們不一樣。

他們什麼都沒有，為此煩惱、痛苦。

我輕易就能體會他們的煩惱與痛苦。

彷彿在告訴我，世界上有我這樣的人存在也沒關係，心情因此得到救贖。

故事中，也有和我一樣在教室裡被當空氣或遭到殘酷言語霸凌的女生。即使如此，她們仍拚命活下去。以她們自己的方式，努力度過灰色的青春時代。晚上睡覺前，我抱著這本封面設計低調不起眼的書，告訴自己，我的人生才沒有卡關。世界上還有很多像這故事裡的孩子一樣努力求生的人，我一定不孤單。不甘心地咬著嘴脣，小說裡的言語詞彙像祈禱一般，浮現我的心頭。

雖然夜裡還是會哭溼枕頭，但是，只要一想到這廣闊的世界上，或許還有與我懷抱相同心情的人，我就能繼續撐著活下去。如果星野同學她們想靠團體力量擊垮我，我就要跟這些看不見的同伴手牽著手熬過去。我相信，這世界上某個地方，一定也有跟我面臨相同遭遇的人。

沒開燈的房間裡，我躺在床上。

抱著夾上金色書籤的書，一邊恐懼明天教室裡會發生的事，一邊這麼想。

佐竹同學又是怎麼樣呢？

推薦我這本書的佐竹同學，又是懷著什麼樣的心情讀這本書的呢？

既然喜歡這本書，她或許也能理解我的心情。

*

在那個樓梯間吃過午餐後，我一如往常來到圖書室，把書打開。

今天看書的情形和平常有點不一樣。我知道自己翻頁的手猶豫不前。因為，今天大概就能看完這本書了，剩下的頁數已經不多。可是，我還想繼續沉浸在故事裡，一想到故事就要結束，內心不禁一陣憂鬱。

不過，故事情節像洶湧波濤拍岸而來，捲走了我的不安。

不知不覺，我已深深被故事吸引，專注地讀了下去。把自己與故事主角重疊，我也活在故事中。沒有出現奇蹟，沒有遇上任何幸運的事，也沒有任何人出來拯救我。但是最後，主角鼓起小小的勇氣，主動往前跨出一步。讀到這裡，我感到內心滲出某種溫暖的東西。我也該鼓起勇氣踏出一步，那樣或許就能改變什麼。溫柔的故事，讓我產生這樣的念頭。

指尖滑過封面，我發呆了一會兒。

故事中的角色會迎向什麼樣的未來呢？腦中天馬行空地展開想像。會得到幸福嗎？會成為什麼樣的大人呢？至少，人生應該不會卡關吧！儘管毫無根據，我也能夠這麼想了。

真是個好故事。

對，不知為何開始覺得，即使像我這樣的人也能活下去。

因為，每天過得痛苦又難受是很正常的事。

總覺得這本書像在這麼對我說。

既然如此，說不定，即使是我也可以——

好一會兒，我凝視著那不起眼的封面。

明明是圖書室的書，封面卻幾乎沒有髒汙，維持得很乾淨。說不定很少人借閱這部作品。雖然還捨不得，但也不能一直借著不還。精裝本的書很貴，光靠我的零用錢買不起，拜託媽媽的話，可能願意買給我。

回過神時才發現，看書時手裡握著的書籤，沾上掌心滲出的汗水，看上去就像被雨淋過的花莖一般閃閃發亮。

下一本看什麼好呢？不如就看佐竹同學推薦的另外一本書吧。

帶著這本書走向還書櫃檯，運氣很好，坐在櫃檯裡面的正是佐竹同學。

她也發現我了，我們四目相接。

「如果可以，想聽聽妳的心得。」

我想起這句話，輕輕呼出一口氣，安靜地走向她。

什麼都不說地悄悄還書，或許比較簡單。

可是書籤老師說過。喜歡上一樣的東西，交換彼此的感想，是一件非常幸福的事。我也想聽聽她的心得。佐竹同學讀了這本書，不知道產生什麼樣的感想？這麼一來、這麼一來，或許我們也可以成為朋友，到時候，我就能夠為曾經傷害她的事道歉了。

緊張與猶豫，讓我不自覺抿緊了嘴脣。

就算不會有人來幫我，只要鼓起小小的勇氣，我也能夠前進。

這是故事教會我的事。

「佐竹同學，那本書我讀完了。這個，妳推薦的——」

可是，佐竹同學卻那麼說。

一副很不情願的樣子。

一副很不耐煩的樣子。

皺著眉頭，刻意別過視線。

「要還書的話，放在那個檯面上就好了。」

這時，我明白了。

是啊。

我的人生，早就卡關了。

我愣愣地看著櫃檯裡眾多投射在我身上的視線。

好幾個來自各班級的圖書股長，她們的眼神都充滿對我的拒絕。

其中也包括我們班的間宮同學。

只是愚蠢的我，一直沒注意到而已。

就連圖書室，也是星野同學影響力所及的範圍。

「佐竹同學——」

用盡全力擠出的聲音微微顫抖，想必很難聽清楚。

我低下頭，放開手上拿的書，這麼說：

「抱歉，真的，對不起。」

就算道歉，她一定也不會原諒我。

勇氣根本沒有意義。

故事都是騙人的。

我奔出圖書室。

該去哪好，該怎麼辦？

已經不知如何是好了。

「哇！」

一衝到走廊上，就差點撞上正走過來的書籤老師。

「三崎同學？怎麼了嗎？」

她一臉疑惑，我無法回答，只是噙著嘴脣跑過走廊。

因為這裡已經沒有我的容身之處了。

*

午飯該到哪裡吃好？

那天起，又過了幾天。想到在圖書室發生的事，就連跟書籤老師見面都覺得尷尬，我也無法再到樓梯間吃飯了，只能恢復原本在廁所吃午餐的方式。就連十分鐘的下課時間，我都把自己關在單間廁所裡。總是從裙子口袋裡拿出那張金色書籤，無意義地盯著看。已經沒有任何故事讓我讀了，這張書籤再也不會沾上我手心的汗水，再也不會閃閃發亮了。雖然想見書籤老師，見了面又不知道該說什麼才好。

結束了在術科教室上的課，本該回教室拿便當進入午休時間，我卻察覺大家都在看我，嘴角上揚、竊竊私語。

和平常恥笑我的方式，有一點不一樣。

平常他們看著我嘲笑時，總會交織著各種陰險的惡言惡語。可是，今天還沒聽見那些難聽話，他們的表情，簡直就像在期待什麼似的。會是什麼呢？內心浮現不好的預感。在這份預感的引導下，我走向置物櫃，拿出自己的書包，想檢查是否少了什麼。走回座位，在桌上攤開書包裡的東西，最後才發現那股惡意的真相。

遭殃的，是媽媽幫我準備的便當。

用來包便當的布巾一直都緊緊打上一個結，現在卻呈半鬆開的狀態。

我顫抖著手把布巾完全打開，露出裡面的塑膠便當盒。

盒蓋表面，用黑色簽字筆寫著扭曲的文字——

「廁所飯女」。

彷彿所有聲音都消失，耳朵只聽見血液轟轟流過。

提心吊膽打開盒蓋，裡面只剩幾顆飯粒粘著，其他飯菜都不見了。我心裡有數，慢慢走向教室後方角落的垃圾桶。我的便當飯菜，果然像剩菜一樣被丟在那裡。

這時，耳中終於聽見聲音。

嘻嘻譏笑的聲音。

「哎呀！真可憐。」

星野同學嘲笑我。

周圍的女生也跟著幫腔。

「反正妳在減肥嘛，這樣正好啊！」

「也不用去廁所吃了。」

「是說，這是她自己丟的吧？聽說她都躲在廁所裡，把飯菜沖進馬桶喔！太浪費了吧！」

我低下頭，吸吮般咬住嘴巴，捏緊手心。想起明明工作那麼忙碌，每天早上還是會下廚幫我做便當的媽媽的背影。媽媽從以前就擅長做菜，還曾跟我說她小時候的目標是當廚師。以前我還會和朋友交換便當菜時，朋友們也都興奮地稱讚好吃。當時把那些對話跟媽媽說了，她也很開心，即使再忙都會幫我做菜色豪華的便當。想起那時候和我交換便當菜的朋友，星野同學也曾是其中之一。雖然不知道其他家媽媽的情況，可是，我家媽媽就算前一天工作再累，早上還是會早起，為的就是幫我和大家做美味的便當。可是她們卻，可是她們卻——

我咬著嘴脣，瞪視星野同學。

「為什麼要做這種事？」

顫抖的聲音，好不容易發出低吼。

「什麼？妳少冤枉人喔！這怎麼看都是男生做的好事吧？」

星野同學不高興地皺眉頭。

「妳看什麼看啊！」

大概看我的眼神不順眼，星野同學眉毛挑得老高，走到我身邊。

「妳最好給我道歉，說是自己搞錯了喔！要是下跪磕頭的話，我還可以考慮一下要不要原諒妳。」

星野同學發出不屑的笑聲這麼說。

她大概是要我承認自己錯了吧？

承認自己不該幫辻本同學說話。

嘲笑辻本同學嗜好才是對的；站在辻本同學那邊，指責欺負人不對的我才是愚蠢的一方，才是做錯事的人。她是要我承認這個吧？或許真的是這樣，是我愚蠢，是我錯了，跟大家一起恥笑辻本同學或許才是正義。要是我能磕頭道歉，說不定人生就不會再卡關，得以恢復原本的正常生活。

可是，我做不到。

我不想輸給星野同學她們。

「瞪什麼瞪？妳很囂張喔！」

星野同學發出輕蔑嘲諷的笑聲。

「夠了，我看妳就別再來學校了吧？像妳這樣的人啊，人生已經卡關，以後反正也考不上高中，更別說成為大學生了！還是快點躲回家裡蹲，成為拖垮社會的包袱啦！妳和我們住的世界就是不一樣，早點放棄吧妳。」

早點放棄。

這一定才是正確答案。

我已經撐不下去了。

抱著被寫上「廁所飯女」的便當盒，我已經無法再去那個樓梯間吃飯了。總不能讓書籤老師看到上面寫的字吧？要是老師知道了，一定會聯絡媽媽，媽媽則會要我請假別上學。一旦開始請假，我的人生就跟星野同學她們說的一樣完蛋了。不，不管怎麼樣，我的人生都已經卡關了。一旦把這個便當盒帶回家裡，媽媽還是會知情。我已經走投無路，無計可施了。怎麼抵抗都沒意義，忍耐也沒意義。是啊，這才是正確的，所以，大家都這麼做。每年都有人被霸凌，每年都有很多孩子死掉。這是理所當然的事。因為不可能撐得下去。像這樣，活著又有什麼意義？像這樣，怎麼可能對未來抱持希望？

我往外跑。

上氣不接下氣，跑上樓梯，朝那陰暗的樓梯間跑去。

她們甚至已經不允許我待在那個無人知曉的，潮溼的，陰暗的地方了。

雙手攀住關閉的窗戶，打開厚重生鏽的窗。

從這裡跳下去，完成我最後的復仇吧！

我明明是這麼希望的。

「不行，三崎同學，絕對不行。」

正當我抓住窗框，想把全身重量放上去時，制服被人拉住了。

我想甩掉那個人，手腕也被抓住，對方雙手扣住我的身體。

我狂亂掙扎，拚命想朝目標前進。

抓住窗框不放，往外探出身體。

已經夠了，我想把這卡關的人生做個了結。

「拜託妳，拜託不要這樣！」

這麼喊著的人是誰呢？

可能是我，也可能是緊緊抓住我身體的書籤老師。我掙扎的拳頭打上老師的臉頰，她的眼鏡掉在樓梯間。即使如此，老師仍不放開我的腰，嘴裡不斷地說：

「拜託妳，唯獨這件事絕對不要做，拜託妳了。」

「可是……」

老師依然從背後抱住我，雙手也被她制住，我仍對著敞開的窗戶吼叫。

「已經完蛋了，我的人生，已經卡死了啦！」

「沒有那回事，沒有那回事！」

耳邊聽著老師的聲音，我嚎叫著，嘶吼著。不斷溢出心頭的不甘心、難以承受的絕望，全都化成詛咒，從我口中吐出。每一次都感覺到抓住我肩膀或手臂的老師指尖更用力。

「沒事的，沒事的。」

毫無根據的話語，靜靜地、靜靜地落在我身上。

「才不會沒事！」

老師懂什麼？這不是那麼簡單的問題。就算星野同學她們對我失去興趣了，留在我心上的烙印也不會消失，那黑暗險惡的過去和未來絕對都不會改變了。大家會說，那個女生被霸凌過，實在好可憐喔。暴露在眾人異樣的眼神下，我只能繼續畏縮縮過日子，一想像那樣的情景，我大概就無法再來上學了。不能讀書，上不了高中，更別說上大學。一切會變得像星野同學說的那樣。

星野同學的勝利與我的失敗，是打從一開始就註定的事。

「沒這回事，沒這回事的！」

可是，彷彿想要蓋掉我的吶喊，書籤老師不斷這麼反覆。

抱住我的手臂抓著我搖晃。

「在學校度過的時光不會決定一切，絕對不會。不要在那種事上去分什麼勝負輸贏，也不應該這麼做。就算不曾擁有亮麗的青春，我們還是能活下去。可以活下去。所以，不要用現在這個當下決定自己的一切。」

「可是——」

我閉上眼睛，溢出眼眶的溫熱淚水，沿著臉頰滑落下巴。

「已經太痛苦了，好難受……」

低下頭，抱住我身體的手臂稍稍鬆開了一些。取而代之的，是一陣淡淡溫柔的香氣飄進鼻腔。

「三崎同學不是說過嗎？因為故事和現實差太多了，所以妳才不喜歡。妳說，再痛苦的故事，一定都會出現救星，主角最後都能得救。但是現實不可能這麼順利。」

老師用虛弱的聲音這麼說。

那顫抖的聲音，聽起來好像在哭。

「老師懂妳的心情。老師也曾經非常痛苦，非常難受。沒有人會來幫助我，灰心喪氣，對未來感到絕望。可是，後來老師發現了，之所以沒人來幫我，是因為我不曾發出聲音求助。所以，我要自己別再害怕發出求救的聲音。結果，事情就開始轉變了。」

說著，老師搖晃我的身體。

一次又一次，不斷地告訴我。

「改變是一點一滴的，不會像故事那樣充滿戲劇化的發展。可是，只要發出求救的聲音，就會有人伸出援手。故事或許是假的，但也不全都是假的。有很多人希望這世界能變得像故事裡的一樣美好。願意幫助三崎同學的人，還是很多！為此，我希望妳能發出求助的聲音。相信人類，相信大人，相信被故事打動的人們。」

真的是這樣嗎？

我無法傻傻將她的話照單全收。

可是，如果……她說的是真的。

「老師……救救我……」

依然緊閉著雙眼，我發出求助的聲音。

聲音低沉沙啞，微弱得像隨時可能消失。

「幫幫我，請妳救救我。」

聽見我的祈求，老師說：

「沒問題的，老師會幫妳，老師會救妳的。」

＊

上課時間的圖書室，安靜得彷彿時間都暫停。

這幾天，沒有我的那間教室裡發生過什麼事，我全都不知道。書籤老師和級任老師對星野同學她們做了什麼，又能發揮什麼效果，我也不清楚。我只覺得怎樣都無所謂。即使老師生氣，星野同學她們肯定連一點都不在意。

媽媽要我別來學校了。就知道她會這麼說。我雖然堅持來上學，但已經無論如何都無法踏入那間教室了，所以，我總是來有書籤老師在的圖書室。順從大人們的話，一個人在這裡準備功課、看書，或是跟書籤老師聊天，安安靜靜度過。只有午餐時間，因為還是在意圖書股長們的視線，我都會去那個樓梯間吃。雖然不是每天，有時書籤老師也會一起吃飯。那裡成為我們兩人的祕密基地。書籤老師總說，要是哪天妳能跟圖書股長們做朋友就好了。想到自己的遭遇，一方面我不希望她們用同情的眼神看我，另一方面也不想搞得氣氛尷尬，所以對於老師的建議，我也就不置可否。

明明自己什麼都沒做，卻要被隔離在教室之外。

「那個……老師，我可以在這裡待到什麼時候？」

在圖書室櫃檯裡寫科目講義的時候。

內心的擔憂像是忽然膨脹一般，我低聲這麼問。

因為，這種狀況不可能永遠持續下去吧？

我理所當然地走上了卡關的路線。畢竟不能老是厚著臉皮待在這邊吧？那麼總有一天，我會受不了周遭對我投射的視線，連家門都出不了。只要踏錯一步，整個人就會倒吊在懸崖邊。我的未來只有一片黑暗，這件事讓我非常恐懼。

老師正對著電腦不知忙什麼，一聽到我這麼說，她就停下手邊的工作，推了推眼鏡，看著我開口：

「妳想待到什麼時候都可以喔！因為沒有必要勉強自己回教室。」

老師對我露出溫柔的笑容。

我低垂視線，喃喃吐露不安的心情。

「可是，要是不回教室上課，或許還是考不上高中吧？不上高中的話，可能就無法順利長大成人了。」

「我不是說過嗎？」耳邊傳來老師爽朗的聲音。「在學校的時光不會決定一切，絕對不會喔！」

「真的嗎……」

「是啊。老師也是一樣，曾經不相信自己能順利長大，對未來感到絕望。我也有過無法上學的時候，無法不去害怕其他人的視線。所以我才會說，每次讀到描述十幾歲主角的故事時，我都滿心懊悔，因為那時的我，從沒想過要成為哪種人，也沒有想要實現的夢想。即使如此，我還不是想辦法變成大人了。」

「可是，那是老師的狀況吧？我會怎樣呢？我不知道自己會變成怎樣。」

「也是啦。」

老師點點頭，眼鏡下的雙眼瞇起來，注視著我說：

「三崎同學會變成怎樣我也不知道，可是，或許還是有辦法啊！只要活著就有無限的可能性。老師還不是想辦法長大了，三崎同學一定也會有辦法長大的。成為大人就是這麼回事。」

是這麼回事嗎？我默不吭聲，書籤老師微笑著從椅子上站起來。走出櫃檯，朝一個小小的書架走去。那裡放著書籤老師想給學生們看的書。指尖從書背上一一爬過，老師這麼說：

「老師啊，對自己度過的灰色慘澹青春，其實有那麼點自豪喔！正因為我經歷過痛苦難熬的十幾歲，現在才能夠辦得到某些事。所以，三崎同學現在的痛苦一定也不會白費的。」

「可是……我也想正常上學啊！不想再過得這麼痛苦了。問題是，為什麼只有我不行——」

為什麼，明明沒做任何壞事，卻非得落得這種下場不可？

「老師……我輸了嗎？這樣只是在逃避吧？」

「沒關係的，如果覺得痛苦，逃避也沒關係啊！因為有問題的是教室裡的人。選擇遠離危險的地方是正常的行為。所以，妳一點都沒有做錯。希望妳一定要記住這一點。」

一點都沒有做錯。

低下頭，強忍湧上來的委屈。緊緊咬住嘴唇。

我內心深處或許在害怕什麼。網路上的大人都說，選擇不上學的人將來要怎麼辦？該被隔離的是霸凌者，被霸凌的孩子不應該逃跑。所以，我一直在忍耐。不斷告訴自己不能逃避，必須繼續待在教室裡才對。為了不讓人生卡關，這是非做不可的事。忽然發現，原來我心裡一直這麼認定。

可是，書籤老師卻說，逃避也沒關係。有問題的是教室裡的人。選擇遠離危險的地方是正常的行為。

「三崎同學，妳什麼都不用在意。不用上學也不會有問題，因為這是我們大人的責任。」

如果，這才是正常的事。

「我真的可以成為大人嗎？」

「當然。」

明明毫無根據，這番話卻消除了我的不安。老師笑著說：

「不過，為了成為大人，妳得繼續對未來發揮想像力，繼續翻開書本才行。三崎同學呢？如果未來能如妳所願，妳想成為怎麼樣的自己？想活出什麼樣的人生？」

「我不知道。」

我低聲哀嘆。

絲毫無法想像成為大人的自己是什麼樣子。

「因為我什麼都沒有啊！不覺得自己能成為什麼樣的人。」

「老師也是什麼都沒有，只有喜歡的東西。如果問妳喜歡什麼的話，答案會不會比較簡單？」

「我不知道，還是很難。」

「不用著急，不管從幾歲都能開始喜歡什麼。人會因為與其他人的相遇而改變，就算沒有遇到誰，我們也會遇到故事。」

視線朝書架望去，老師說得有點自豪。像是在告訴我這是非常重要的事，她抽出一本書抱在胸前，露出幸福的微笑。我不明就裡，不知道她怎麼能那麼有自信，呆呆地看著她。

「三崎同學不是說，自己不像故事裡的主角那樣擁有什麼嗎？但是我覺得，什麼都沒有的或許才是普通人。正因為這樣，就是為了帶給妳什麼，故事裡的主角才會擁有那些東西。透過故事，妳或許就能獲得些什麼了。要不要試著這麼想？」

我低下頭，思考老師這番話的意義。自己是否能透過閱讀，獲得故事裡的他們或她們擁有的才華與熱情。那或許只是短暫一瞬間的事，即使只是一時的擁有，但閱讀確實能帶來這樣的體驗。

說不定，從中萌生的興趣，就是所謂「喜歡」的心情。

「這就是老師說的『與故事的相遇』嗎？」

「嗯。故事裡拯救主角的人，或許也可想成為了與妳相遇而安排的存在！我們透過閱讀故事，就能遇到活在故事裡的人物們。書中的話語與溫柔，一定都是真實存在的東西。即使沒有實際上遇到誰，隱含在故事裡的心願也會成為妳的救贖。」

我不喜歡看和現實差太多的故事。

因為那太光明燦爛了，只會讓我覺得自己更悲慘。

故事裡總有人在適當時機出面拯救主角，我的現實裡不可能有這樣的人。

可是，如果像書籤老師說的那樣，故事中的溫柔是真實存在的東西，身為讀者的我，或許也能把那些拯救書中主角的角色說的溫柔話語，當成是對我說的話。這麼一來，痛苦的時候，寂寞的時候，希望獲得救贖的時候，閱讀這件事才會具有那麼大的意義。

「所以，寂寞或迷惘時就讀讀故事吧！沐浴在美好的話語中，培養自己的想像力，成為能夠體貼人心的人。在感受過並理解到更多溫柔之後，妳也要成為出色的大人喔！」

老師說著，依然笑得一臉幸福。

滿布陰霾的天空好像放晴了，窗外照進柔和的陽光，灑在我們身上。那光線一點也不刺眼，反而讓我感到很溫暖。

接著，我有點難為情地轉身背對老師的視線，悄悄抽出那片夾在教科書裡的金色書籤。這是老師送我的，迷路時指引方向的路標。只要拿著這片書籤閱讀，即使是像我這樣的人，也有可能成為像老師一樣出色的大人吧？難過與痛苦的每一天，不知道什麼時候才能像老師那樣，轉變為自己引以為傲的過往。我偷偷窺視正將書本放回書架的老師。書籤老師是讀了哪些書才成為大人的呢？我開始想看書了，像書籤老師那樣看很多書，成為大人。

我會成為什麼樣的大人？能夠成為體面的大人嗎？

我不知道。

為了知道這個，得再多活一段時間看看才行。

想要下定決心的話，還需要一點點的勇氣。

「我說，老師——」

「嗯？」

我要成為像老師一樣的大人。

所以，我會看更多更多的書，好好學習。

這句話，害羞得說不出口。

我撥弄手中的金色書籤，問了另外一件事。

「老師，為什麼大家都叫妳書籤老師啊？因為妳會送學生書籤嗎？」

只是有點好奇。

因為，老師的名字不是詩織，也不是栞啊[10]。

「喔喔，那個啊……」

老師走到我身邊，用有點害臊的語氣說。

「跟送書籤也有關係，不過妳看嘛，我的名字中間也有書籤（Shiori）吧？以前我送一位圖書股長書籤時，她發現這件事，就幫我取了這個綽號。」

「名字中間？」

「對啊！妳看，這裡。」

老師從口袋裡拿出名片，放在櫃檯上指給我看。

就在這時，圖書室的門打了開，鄉田老師探頭進來：

「真汐老師，關於指定書籍的事，想跟妳討論一下。」

「啊、好的——」

書籤老師精神抖擻地回應，朝鄉田老師走去。

我盯著老師遞給我的名片看。

真汐凜奈。

Mashio Rinna。

ma-shiori-nna。

原來如此，這就是書籤老師的由來。

「真是個怪綽號。」

只是不知為何，莫名覺得這是最適合書籤老師的名字了。我情不自禁微笑。

在靜靜灑下的陽光中。

我輕輕舉起那片金色閃亮的書籤。

*

那天，雨下個不停。

放學後的圖書室。我一如往常待在不起眼的角落，沉浸於故事中。

10 譯註：這兩個名字的日語發音和書籤一樣都是「Shiori」，「栞」除了人名之外，也有書籤的意思。

那件事過後不久，我開始覺得自己能喜歡小說了。無論多耀眼的故事，都不再像過去那樣反襯出我的悽慘。雖然太強烈的光芒有時還是會灼燒我的肌膚，但如果能像植物光合作用一樣，把故事裡的炫目光彩當作養分，培育出美麗的花就好了。主角的才華、熱情與愛，說不定有朝一日也能屬於我，成為我的可能性之一。

接收溫柔的話語，自己也成為溫柔體貼的人。接收令人痛苦難過的話語時，就堅強忍耐吧。

我會成為什麼樣的大人，現在還不知道。今後的事，我打算慢慢思考。我可以回到教室，裝作什麼都沒發生過繼續唸書。轉班到有熟悉朋友的班級也是另一個方法，或是繼續來圖書室也可以。一如老師所說，在學校度過的時間，不會決定人生的一切。既然如此，我又何必以投射到身上的異樣眼光為恥，或許也不需要對未來忐忑不安。

星野同學她們說不定會確信自己贏了，繼續嘲笑我。可是，我或許不用再害怕「逃避」這件事。跟那種人一起度過的時間，根本就不是青春。我要活著成為大人，成為不輸給那些女生的出色大人。就算我不在教室裡，而是在圖書室裡度過，也不代表這樣就是不幸。

即使現實令人痛苦，對未來不抱希望，我們之後也會成為現在的自己想像不到的大人。所以，就算現在這麼痛苦，也一定沒問題的。

因為未來會怎樣，要活下去看看才知道。

所以，我開始想像故事的未來。

也稍微想像了一下明天的自己。

說不定，繼續往下翻頁，書裡等著我的會是意想不到的情節。接下來的故事會怎麼發展，肯定也由我的想像力來決定。

在只有淅淅雨聲的靜謐之中。

「那個、三崎同學……」

背後，傳來一個戰戰兢兢的聲音。

一邊轉頭，我一邊將開著一朵搖曳花朵的金色書籤夾進書中。

雖然有點意外，但也感到內心充滿了喜悅。

看吧！意想不到的明天，這不就來了？

沒有必要躊躇，首先，從自己喜歡的故事開始聊起吧！

翻開名為「我」的故事，也希望能讀一讀「你」的故事。

因為喜歡一樣的事物、分享彼此感想的時光，肯定非常幸福。
將這樣的心境轉化為自豪，培育出綻放美麗光芒的花。
就這樣，或許，我們將慢慢成長為大人。

國家圖書館出版品預行編目 (CIP) 資料

將我溫柔裝訂成冊 / 相澤沙呼著 ; 邱香凝譯 .
-- 初版 . -- 新北市 : 博識圖書出版有限公司 , 2023.04
面； 公分
ISBN 978-626-96481-8-4（平裝）

861.57 112003518

FN044

將我溫柔裝訂成冊

定價 360 元
2023 年 4 月 初版一刷

作者 相澤沙呼
譯者 邱香凝
封面繪者 YUKO
責任編輯 范榮約
特約編輯 楊裴文

總編輯 陳瑠琍
主編 黃炯睿
資深編輯 顏秀竹
編輯 黃婉瑩．蔡若楹
美術設計 嚴國綸
行銷企劃 李皖萍．楊詩韻．任麗妤
出版者 博識圖書出版有限公司
劃撥帳號 19599692．博識圖書出版有限公司
總代理 眾文圖書股份有限公司
新北市 23145 新店區寶橋路二三五巷六弄二號四樓
網路書店 https://www.jwbooks.com.tw
電話 (02) 2369-9978
傳真 (02) 2369-9975

Printed in Taiwan

ISBN 978-626-96481-8-4